夜と跳ぶ

額賀澪

SHIBUYA
STREET
SKATER

PHP研究所

夜と跳ぶ　目次

第一話 渋谷ヒカリテラス16

「与野《よの》さん、多分っすけど、この仕事向いてないですよ」

十歳以上年下の篠田《しのだ》にしみじみとそう言われ、与野丈太郎《じょうたろう》はラーメンを啜《すす》りながら「俺《おれ》もそう思う」とぼやいた。

「地上波の連ドラで主演張ってる売れっ子俳優があんな至近距離を歩いてるのに気づけないなんて、マジで嗅覚《きゅうかく》死んでますって」

午前零時《れいじ》を回ろうとしているラーメン屋は、混み合っている割に静かだった。誰もが真剣に深夜のラーメンと向き合っている。先月三十八歳になったばかりの丈太郎を叱《しか》る二十六歳の篠田の声と、店の端《はし》に置かれたテレビの音がいやに大きく聞こえた。

三十八歳と二十六歳だから――見事に干支《えと》が一回りしている。気づいてしまって、丈太郎は箸《はし》を置いた。

「だから、俺の本業はスポーツカメラマンなんだって。芸能人の尻《しり》なんて追っかけたことないの。大体、眼鏡と帽子《ぼうし》とマスクでバッチリ変装されて、どうやって見抜けってんだよ」

「耳の形で見分けるんですよ。顔をじろじろ確認したら逃げられるに決まってるんだから」

三十分ほど前、丈太郎と篠田は表参道《おもてさんどう》にいた。芸能人のゴシップを写真に収めるべく夜の街を徘徊《はいかい》していたのだが、その最中に丈太郎の目の前を人気俳優が通り過ぎたらしい。しかも、某アイドルグループのセンターの子と一緒に。

丈太郎は篠田に指摘されるまでそれに全く気づけず、しかも驚いて「えっ！　今の有名人っ？」と大声で叫《さけ》んでしまった。

人気俳優とアイドルが颯爽《さっそう》と夜の表参道に消えるのを見送り、篠田に「メシ食って仕切り直しますよ」と呆《あき》れられ、今にいたる。

「芸能人が素顔を晒《さら》して街を歩き回るわけないでしょ。変装されてる前提で探すなんて、芸能カメラマンなら常識も常識ですよ。全身真っ黒な服で来るから『お、やる気満々だな〜俺も頑張らなきゃ〜』って思った俺の感心を返してくださいよ。あーあ、クソデカ熱愛スクープ逃した。これで他のカメラマンに先越されたらどうするんですか」

なんでこんなおじさんの世話を焼かなきゃならないんだ、と言いたげに肩を竦《すく》めた篠田は、野菜とチャーシューと煮卵が盛り盛りになったラーメンを勢いよく啜った。

ここは大盛りラーメンが人気の店らしいが、丈太郎はとてもじゃないが食べる気になれなかった。フレッシュな胃袋が一日中腹を空かせていた二十代は遠い昔、夜にラーメンなんて食べたら翌日は一日中胃もたれに苦しむのが三十八歳だ。

「耳の形なんて覚えられるかっ。こちとら、男女関係なく流行のアイドルの顔がみんな同じに見えんだよ。紅白歌合戦でずっと同じアイドルが歌ってるなと思ったら全然違う事務所の全然違うアイドルだったりするんだよ」

「与野さん、それを言い出したらもうおしまいですよ。世間はそれをおじさんって言うんです」

溜《た》め息をついて、テレビに視線をやる。渋谷《しぶや》でホームレスが熱中症で死んでいるのが見つかった。今年の夏も災害級の暑さになる——アナウンサーが深刻そうにニュースを読み上げる。

ところが、

『それでは続いて、いよいよ開催が来月に迫ったパリオリンピックの話題です』

途端にアナウンサーの表情と声が華やかになる。画面に現れたのは、男子マラソン日本代表に内定した選手だった。

彼は、撮《と》ったことがある。学生時代に彼が出場した箱根駅伝だって撮ったし、オリンピックの代表の座を摑《つか》み取ったレースも、丈太郎は撮った。パリを見据《みす》えて眼光鋭くゴールテープを切った彼の写真は、スポーツ雑誌の表紙を飾《かざ》った。

「あー、もう来月ですか、パリオリンピック」

分厚《ぶあつ》いチャーシューを嚙《か》みちぎりながら、篠田がテレビと丈太郎を交互に見る。

「与野さん、あんなことしなきゃパリに行けたんでしょ？　オリンピックの撮影隊として」

「本当なら今頃、パリに行く準備で忙しかっただろうよ」

「残念っすね〜。結局、パリは佐々木《ささき》さんが行ったんですよね？　俺、専門学校時代にアシスタント入らせてもらったことありますわ」

慰《なぐさ》める気があるのかないのかわからない顔で篠田は呟《つぶや》く。その軽々しい言い方が、抜群にグサリときた。「不祥事起こすなんてホント馬鹿《ばか》ですね〜」と嘲笑《ちょうしょう》される方がよほど楽だった。

「ああ、残念だよ。東京オリンピックのリベンジの機会がやっときたってのにな」

リベンジの意味が今日会ったばかりの篠田に通じるわけがなく、彼は無言で首を傾《かし》げた。

何も言わず麺を平らげ、二枚のチャーシューは篠田にやった。「いいんすか？　やったあ」と二十代の若者らしい笑顔を浮かべる彼を尻目《しりめ》に、カメラバッグを抱《かか》えて席を立つ。

「ごめん、篠田の言う通り、俺は芸能カメラマンに向いてないわ。面倒かけて悪かったな」

「え、辞めるんすか？　与野さん、他の仕事なんて今ないでしょ？」

「ないけど、とことん向いてないって思い知ったから、他の方法を探す。篠田の足を引っ張るだけなのも目に見えてるし」

「そう言われたら、間違いなくそうなんですけど」

篠田と一緒に芸能ゴシップを撮ってこいと仕事を振ってくれたのは知り合いの編集者だった。あとでそちらにもちゃんと詫《わ》びを入れておこう。

仕事がなくてピンチなのは間違いなく自分の方なのだが、年上として篠田の分のラーメン代も払って店を出た。

ゴシップネタ探しのスタートは表参道だったはずが、気がつけばほとんど渋谷にいる。深夜でも青山《あおやま》通りは交通量が多く、渋谷へ向かう通行人の姿もある。

丈太郎と同世代らしき会社員風の男達が、妙に真剣な顔で仕事の話をしながら目の前を通り過ぎていく。飲み会帰りにしか見えないのに、酔《よ》ってなお仕事の話題に熱を上げられるのが純粋に羨《うらや》ましい。

何に対するものなのかわからないが、溜め息が一つ出てしまう。

青山学院大学を横目に渋谷駅の方へ歩いていくと、次第にうなじに汗が滲《にじ》んできた。まだ六月だっていうのに、夜になっても気温が下がらない。そりゃあ、ホームレスも熱中症になる。

パリも暑いだろうか。パリは仕事で一度しか行ったことがないが、あの華やかな街並みが今頃オリンピック一色になっていると想像すると、そこへ行くチャンスを逃した自分が、ただひたすら愚《おろ》かだった。

丈太郎の代わりにオリンピック撮影隊としてパリへ行ったのは、八歳年下の後輩カメラマンだった。彼が二十歳そこそこの駆け出しだった頃、先輩としてそれなりに世話を焼いたのだが、見事に立場が逆転……したということなのだろう。

「あーあ、スポーツが撮りたい」

篠田のような芸能カメラマンの存在を軽視するわけではないが（事実、丈太郎だって彼らが激写したスクープを楽しむ側の人間だ）、俺は芸能人の熱愛や不倫《ふりん》を撮りたくてカメラマンになったわけではない。

ぼやいているうちに宮益坂上《みやますざかうえ》の五差路まで来た。宮本《みやもと》公園、道玄坂《どうげんざか》、三軒茶屋《さんげんぢゃや》、厚木《あつぎ》、と案内標識が出ている。終電の時間が迫る中、通行人が足早に丈太郎を追い越していく。

宮益坂を下って渋谷駅から電車に乗ろうかと思ったが、結局青山通りを進むことにした。丈太郎の家は池尻大橋《いけじりおおはし》にあるから、たった一駅のために電車に乗るのが逆に面倒だった。

渋谷の中心部が迫るにつれ、見上げるのも億劫《おっくう》な高層ビルが目立つようになる。絶賛建設中のものも多くある。渋谷駅も「永遠に工事が終わらない迷宮」とよく言われたものだが、渋谷の街そのものが再開発のただ中にある。

歩道の先でも何やら工事が行われていた。すぐ側に渋谷ヒカリテラスがあるというのに、一体、高層ビルを何本建てれば気が済むのだろう。

通りに向かって大きく口を開けた搬入口で、無精髭《ぶしょうひげ》を生やした背の低い警備員が気怠《けだる》そうにトラックを誘導している。

夜遅くまでご苦労さん。名前もわからない警備員に会釈《えしやく》して工事現場を通り過ぎたとき、ふと氷の削《けず》れる音がした。

フィギュアスケーターが氷の上を滑走《かっそう》するときの、スケート靴の刃が氷を削る音だ。

「……は？」

おいおい、六月だぞ。頭を振って、頬《ほお》のあたりに蘇《よみがえ》ったスケートリンクサイドの空気を払う。フィギュアはオフシーズンだろ。大体、ここは渋谷のど真ん中だぞ。

じとっと汗ばむ夏の夜には不釣《ふつ》り合いな鋭く凛《りん》とした音に、丈太郎はゆっくり顔を上げた。前を見る。後ろを振り返る。通行人のほとんどいないひっそりとした歩道を、道行く車のテールライトが赤く染めた。

高層ビルの敷地へ続くレンガの階段から、丈太郎を笑うように再びスケートの滑走音が響く。音が消えた。直後、歩道を照らしていた街灯の光が途絶《とだ》え、大きな影が一つ、丈太郎の目の前に降ってくる。

人だ。街灯が逆光になるのをものともせずぬるりと光ったのは、スケートボードだった。

ゴーッと音を立てて側を車が通り過ぎる。ヘッドライトに照らされた鮮《あざ》やかなグリーンのスケートボードに、丈太郎は「うわっ」と声を上げた。

トンと音を立てて歩道に着地したのは随分《ずいぶん》と若い男……というか、少年だった。ドラゴンフルーツの皮みたいなシャツを着て、ドラゴンフルーツの中身みたいなパンツを穿《は》いていた。

しかも、着地に成功したと思ったら、スピードを抑えきれず植え込みに頭から突っ込む。

「大丈夫ー？」

スケボーを抱えた別の少年が、大笑いしながら彼に駆《か》け寄る。ぶはっと植え込みから顔を上げたドラゴンフルーツ少年は、「あー、惜しかった！」と車道に向かって叫んだ。

「もっと踵《かかと》を使って回さないとなんだよなあ〜」

怪我《けが》はなかったようで、丈太郎に「すみません」と一礼し、友人と共に階段を上がっていく。

階段の先は明るかった。ストライプビル渋谷とビル名が刻まれた看板が、オレンジ色の照明に照らされている。眼前にそびえるオフィスビルはフロアの明かりがほとんど落ちているのに、ビルの下だけが異様に明るく、騒がしい。

人の笑い声と歓声と悲鳴。拍手とリズミカルな手拍子。深夜のオフィスビルには似つかわしくない騒がしさは、すべてひっくるめて誘蛾灯《ゆうがとう》のようだった。

なんだか、面倒事の匂いがする。自分の中の直感がそう言っているが、構わず丈太郎は階段を上っていった。

不思議なもので、氷を削るようなスケートボードの滑走音が、耳の奥に居座って消えないのだ。丈太郎の中でくすぶるスポーツカメラマンの本能を刺激し、手招きし、どこか挑発しているようでもあった。

階段の上は大きな広場だった。生け垣に囲まれ、夜も深まったこの時間は人っ子一人いない……はずなのに、広場の一角に人が集まっている。投光器の白い明かりが一帯を照らし、何十人もの人間が蠢《うごめ》いていた。

「厄介《やっかい》だな。絶対、厄介な集まりだ」

人混みに目を凝《こ》らし、丈太郎は両腕を組んで唸《うな》った。ヤカラの大宴会だったらまだいい方で、下手《へた》したらものすごく反社会的な人間が反社会的なものを売買したり吸ったり何だりの集まりかもしれない。

なのに、その向こうからスケートボードがレンガの上を滑《すべ》る音がする。

無意識に肩から下げたカメラバッグに手を伸ばしていた。愛用の一眼レフを引っ張り出して、電源を入れる。

カメラ片手に突然現れた丈太郎を、怪訝《けげん》そうに見てくる若者が何人かいた。ニット帽を被った少年があからさまに顔を顰《しか》め、「得体の知れない大人が来たぞ」と仲間と囁《ささや》き合っている。

丈太郎はあえて彼らに笑顔で会釈して人混みに紛《まぎ》れ込んだ。

丈太郎は芸能カメラマンでもニュースカメラマンでもないが、「何か見つけたら自分の目で見るより先にカメラを取れ」が若手の頃に面倒を見てくれた師匠の教えだ。

カメラさえ持てば、恐怖心や物怖《ものお》じが消える。それがカメラマンというものだ。

「あの、これって何やってるんですか」

ビールがなみなみ注がれたプラカップ片手に群衆を眺《なが》めていた中年の男に声をかけた。顔より先に左腕の腕時計が目に入る。名前が咄嗟《とっさ》に出ないがべらぼうな高級品だ。べらぼうに高いカメラのレンズを何個も買えるやつ。

「おおっ、お兄さん、メディアの人？　すごいねえ、一体どこで嗅《か》ぎつけたの？」

赤ら顔で目を細め、丈太郎の顔をグイッと覗《のぞ》き込んだ男は、金持ちの顔をしていた。腕時計と同じオーラを、目尻のあたりから放っている。

はっきり言ってしまえば、あまり好きなタイプの人種ではない。

この男だけではない。この場の空気や集まって騒いでいる人々の雰囲気も、どうにも好きではない。この、馴《な》れ馴れしさと内輪受けが溶け合ってべたべたとしている感じ。

「いや、たまたま通りかかったら、何かやってるなと思って」

「またまたぁ、どうせ週刊誌の人でしょ？　スクープほしさにこんな時間までご苦労様だね」

いや、芸能カメラマンに向いてないと一回り年下の後輩にけちょんけちょんに貶《けな》されたばかりです……とは言えない。

「別に、悪いことをしてるわけじゃないからさ、撮るならどうぞって感じだけど、どうせ撮るならちゃんと格好《かっこう》よく撮ってよね。週刊誌に載る写真って、格好悪い写真ばかりで大嫌いなんだ。スクープを発信したいのはわかるけど、もうちょっと美意識ってもんを持ってほしいよ」

ビールを呷《あお》って、男は不躾《ぶしつけ》に丈太郎の胸元を指さした。

「どう、お兄さん。お兄さんは格好いい写真が撮れるカメラマン？」

そんな問いかけをされて、「いえ、僕は格好いい写真が撮れないカメラマンです」なんて言えるカメラマンはいない。スポーツカメラマンなら、尚更《なおさら》だ。

「撮れますよ。少なくとも、ゴシップを追いかけてるカメラマンよりは」

「おー、いいいね。そう来なくちゃ。今日は気分がいいから、特別に特等席に連れていってあげよう」

男がドンと丈太郎の肩を叩《たた》く。馴れ馴れしく肩を組んできたと思ったら、「ごめーん、ちょっと通してね」と人混みを掻《か》き分けて丈太郎を騒ぎの真《ま》っ直中《ただなか》へ連れていく。

肌に感じる生温かさが増して、巨大な生き物に飲み込まれたような感覚に襲われた。いよいよヤバいところに来ちまったかもしれない。

昔、街角スナップを撮影中に勢い余って反社のおじさま達を撮ってしまい、撮影データをすべて没収されたことを思い出した。この耳障《みみざわ》りな騒がしさと湿度と熱気。アレとは別ベクトルの質《たち》の悪い集まりに思えてならない。

「お兄さん、今日はついてるね。きっといいものが撮れるよ。まあ、撮る人にその技量があればだけど」

随分と挑発してくれる。言い返してやろうと思ったら、熱気の中に奇妙な緊張が漂《ただよ》っていることに気づいた。舌先に辛味まで感じた。

この感覚を、丈太郎はよく知っている。

群衆の中心はポカリと空間ができていて、カラーコーンでささやかに仕切られていた。

真ん中に、木製のジャンプ台がある。

『さああさあ、まだまだ盛り上げていこうぜー！』
ガラガラ声のMCが聞こえてきた。拡声器を手にした長身の男が、周囲をしきりに煽《あお》ってい
る。広場に集まった人々が奇声を上げて飛び上がり、勢い余って立て続けに丈太郎に体当たり
してきた。もちろん、謝罪の声一つ飛んでこない。
『次のチャレンジはジャンプランプだ！　飛び入り大歓迎！　誰でもいいから来い来い！』
MCが湾曲《わんきょく》するジャンプ台を指さし、丈太郎の肩を抱《だ》いた高級腕時計男が甲高《かんだか》い口笛を吹
いて「来い来い来い！」と叫んだ。プラカップのビールが波打ち、丈太郎のシャツの肩口を濡《ぬ》
らす。
側の投光器の光が反射して、男の腕時計がギラリと光った。思い出した、この時計、オーデ
マ・ピゲだ。このモデルが七百万円以下になっているのを丈太郎は見たことがない。
「行け行けー！」
高級腕時計男改めオーデマ・ピゲが叫ぶ。その時計一本で馬鹿高いカメラレンズを一体いく
つ買えるのか。
氷の削れる音がした。レンガの敷かれた地面を、スケートボードが走り抜ける。
ジャンプ台から、一人の少年が跳《と》ぶ。よく見なくても、先ほど植え込みに突っ込んでいたド
ラゴンフルーツ少年だった。
空中でスケートボードをくるりと一回転させ、着地し——見事に転倒してスケートボードが
観客の方に吹っ飛んでいくが、周囲からは歓声と拍手が湧《わ》く。

「少年、ナイスナイス！　ナイスチャレンジ！」

オーデマ・ピゲが少年にサムズアップしたと思ったら、懐《ふところ》から千円札を取り出して渡す。ドラゴンフルーツ少年は「やったー！　ありがとうございます」と満面の笑みで受け取って去っていった。

丈太郎はそれを、カメラを抱えたまま呆然《ぼうぜん》と見ていた。無意識に眉間《みけん》に皺《しわ》を寄せているのだけは自覚があった。

『どんどん来ーい！　すごいトリックには賞金が出ちゃうみたいだぞ！』

MCの陽気な煽りに、オーデマ・ピゲが〝諭吉〟をヒラヒラさせながら「一万円はキックフリップくらいじゃあげられないな～」と高笑いする。丈太郎は顰めっ面《つら》のまま鼻を鳴らした。

誰の合図もなく次々とスケボーに乗った若者が丈太郎の目の前で跳ぶ。若者ばかりかと思ったら丈太郎と年が変わらなさそうな男もいたし、大学生くらいの女の子もいたし、この時間帯は絶対に補導の対象であろう少年少女もいた。

アクロバティックな技を繰《く》り出されると、オーデマ・ピゲは店員にチップを渡すような顔で次々と千円札を配った。

「無法者の宴《うたげ》じゃねえか……」

「違うよ、お兄さん」

わかってないね～とばかりに、オーデマ・ピゲが丈太郎に視線を寄こした。指先で一万円札がぴらぴらと揺《ゆ》れる。

「これは真夜中のストリートコンテスト。ストリートスケーターが夜な夜な集まってトリックを披露《ひろう》し合う、立派な大会よ」

「大会って言いますけど、どう見たって非公式ですよね。ていうか、法律か条例か何かにはガッツリ触ってるでしょ」

「えー、そんなことないよぉ。見た目よりは健全な集まりだよぉ」

分《ぶ》が悪くなったのか、酒が回ったのか。唐突《とうとつ》に舌っ足らずな物言いになる。

「健全な大人は深夜に未成年がウロウロしてたら家に帰すんですよ。千円札渡してる場合じゃないでしょ。ほら、あの子はどう見ても高校生だし、あっちはどう贔屓目《ひいきめ》に見ても中学生！しかも五人グループ！」

こっちも、そっちも！　と周囲を指さす丈太郎に、オーデマ・ピゲは表情を変えない。

「大丈夫、大丈夫。未成年はちゃんと保護者同伴してる」

オーデマ・ピゲが背後を指さす。先ほどのドラゴンフルーツ少年が父親らしき人物とハイタッチしていた。父親はパイナップルみたいな色のシャツを着て、パイナップルのヘタみたいな緑色の髪をしていた。

「親子で来るか、無法者の宴に」

「だから、法は犯してないって、法は」

「都の青少年健全育成条例あたりには思いきり触ってますよ」

ふと丈太郎の脳裏《のうり》に浮かんだのは、東京オリンピックだった。

スケートボードが初めて競技種目に採用され、十代の選手が活躍し、日本はメダルをいくつも獲った。コロナ禍《か》で開催されてどこかギスギスしていたオリンピックの空気を一変させた。真夏の太陽に照らされた健やかな光景と、この真夜中の集会は正反対だった。あちらが爽《さわ》やかで健全なスポーツの場だとしたら、こちらは……やっぱり、無法者の宴だ。

夜の渋谷で、高級腕時計をつけた酔っ払いの大人がスケボー少年のトリックに金を払う。どう考えたって、不健全でしかない。

「お兄さん、そろそろだよ」

オーデマ・ピゲがジャンプ台の先を指さす。

まさか、千円札の次は非合法なアレやコレを撒《ま》きますなんてことないですよね？　冗談半分に言いかけて、丈太郎は言葉を失った。

「そろそろって……」

あれほど騒がしかった群衆が、怖いほど静かになる。全員の視線がジャンプ台の先に向いた。誰かが絞《しぼ》り出すように「来た……」と呟いたのが聞こえた。「うわ、ホントに来た」「初めて生で見た」なんて声も聞こえてくる。

いつの間にか、真っ赤なTシャツを着た若い男がスケートボードを手にジャンプ台の先に立っていた。黒いキャップを被っているが、髪は鮮やかな金色だった。

投光器の光が彼の顔に濃い影を落としたが、その目が間違いなくジャンプ台を見据えた。視線の強さが圧になる。丈太郎の肩胛骨《けんこうこつ》とうなじがビリリと強《こわ》ばった。

「おい、嘘だろ」

この感覚を丈太郎はよく知っている。

『さあ、皆さんお待ちかね、例のあの人の登場だ！　どうせみんな〈彼〉を見たくて来たんだろっ？』

ＭＣのガラガラ声が静寂を切り裂《さ》く。観客は再び沸《わ》いた。イベントの参加者らしきスケーター達まで歓声を上げ、スケートボードの縁《ふち》で地面を叩いた。

どうやら、主役のご登場らしい。丈太郎は思わず身を乗り出した。

静かにしろとばかりに、金髪の青年は天に向かって人差し指を突き立てる。騒がしかったはずの広場が、また嘘みたいに静かになる。自分が息を呑《の》む音が聞こえたから、間違いない。

軽やかな助走から、スケートボードがレンガの上を滑る。滑走の音が他のスケーターと違う。滑らかで鋭く、本当に氷の上を滑るかのようだった。

消えたはずの歓声が再び広場に渦巻《うずま》き、周囲の温度がグッと高くなる。そのうねりが丈太郎の足下まで響いてきた。

カメラに手を伸ばした瞬間、背後で一際《ひときわ》大きな歓声が湧いて、背中にドンと衝撃が走った。人混みに押されたドラゴンフルーツ少年とパイナップル親父《おやじ》が、仲良く同じ体勢で丈太郎達の方へ倒れ込んできた。

「うおお、押すなあああっ！」

オーデマ・ピゲが叫んだが、気がついたら彼と一緒にカラーコーンと柵《さく》を押し倒していた。

ＭＣに正面からぶつかった。彼の悲鳴が拡声器を通してハウリングし、誰かの「危ない」という声が重なった。

地面を転がって、カメラの無事を確認して顔を上げたら――丈太郎はジャンプ台の目の前にいた。

息を呑んだ瞬間、鋭い滑走音が容赦《ようしゃ》なく途切れ、金髪のスケーターが軽やかに宙を舞った。目が合う。少年と青年の間を彷徨《さまよ》うような凜とした黒い瞳《ひとみ》だった。猫だ。血統書つきの、高貴な猫の目だ。

「うわ、避《よ》けて避けて！」

ＭＣが怒鳴《どな》った。悲鳴が四方から飛び交って、咄嗟に一歩だけ後退《あとずさ》った。

だが、それ以上動けない。

なのに、金髪は笑って丈太郎の顔を指さした。何も言っていないのに、「動くな」と命じられたことだけは伝わった。

風を切る音がした。金髪は涼《すず》しい顔でスケートボードを蹴《け》り上げる。丈太郎の肩に右手をつき、華麗に身を翻《ひるがえ》した。

両肩に走った衝撃が鳥肌になって全身を走った。頭上を見上げたまま、丈太郎はだらしなく口を開けた。

それでも、カメラは構えた。

金髪は丈太郎の体を軽々飛び越え、優雅に宙返りし、力強く体を捻《ひね》った。鋭いのに柔らかな四肢《しし》の動き。暴力的で、でも高貴さも滲む跳躍。

レンズ越しに、今日は月が綺麗《きれい》なことに気づいた。満月を背負うように跳ぶ彼の姿が、月と同じ色に光る金髪が、あまりに画《え》になっている。

撮ってるか？　俺は今、シャッターを切ってるか？　自分に問いかけながら、無我夢中で撮った。

スケボーと共に見事に着地した金髪が、かすかにバランスを崩《くず》す。レンガを擦《す》ったタイヤが熱っぽい悲鳴を上げたが、彼はそのまま右手を振り上げてガッツポーズをした。

それを合図に、周囲の怒号は歓声に変わる。

「見たっ？」

金髪は周囲を指さし、「見た？」と繰り返しながら観客の輪に飛び込んでいった。甲子園で優勝でも決めたかのように、彼のもとに次々と人が集まって、折り重なっていく。

「エイジ！　さすがは俺達のエイジ！」

ＭＣが金髪を肩車して、オーデマ・ピゲが「すげーもん見せてもらった！」と一万円札を周囲にばらまき始めた。エイジ、エイジと金髪を称《たた》える手拍子まで起きた。

地面に尻餅《しりもち》をついたまま、丈太郎はしばらくカメラを見下ろしていた。観客の圧と熱量が、振動になって腰のあたりに響いてくる。

脳裏に蘇ったのは、先月初めの、とある陸上競技大会のことだった。何年も大事に大事に抱えていた「オリンピックを撮る」という夢を、自分の手でぶち壊《こわ》した日。

目の前を一万円札がヒラヒラと落ちていく。無表情の福澤諭吉に愚かな自分を笑われた気がして、丈太郎は舌打ちをして立ち上がった。

歓声が止《や》まない広場を足早に出た。歩きながら丈太郎はこめかみを乱暴に掻いた。頬が赤くなっているのがわかる。怒りと恥ずかしさと情けなさと……あとは何なのだろう。

「――ねえ、おじさん」

声をかけられたのは、広場の階段を下った直後だった。

「おじさんって、俺のことか？」

振り返ったら、階段の上に先ほどの金髪がいた。うわ、と顔を顰めそうになった。どんちゃん騒ぎをどうやって抜け出したのか、コンビニにでも行くかのような顔で金髪はスケートボードを滑らせ、十段はある階段を豪快に飛び降りて丈太郎の前に立ち塞《ふさ》がる。

街灯の下、黒いキャップからはみ出る金髪と真っ赤なシャツが色鮮やかだった。シャツにもキャップにも、見たことのないロゴマークが入っている。

どうしてだか、ロゴが丈太郎を嘲笑《あざわら》っているみたいだった。

「さっきの写真、見せてよ」

丈太郎が首から下げたカメラを指さし、長い中指が印象的な掌《てのひら》を差し出してくる。身長は丈太郎の方が高いのに、まるでこちらを見下ろすような視線を寄こした。

トリックを邪魔したことを糾弾《きゅうだん》されるかと思いきや、腹立たしいほどに勝ち気な笑みを浮かべている。飼い主を馬鹿にする利口な猫の顔だ。

「あのアングルなら、すごいのが撮れたでしょう？　着地した瞬間に確信したんだよね。今のはめちゃくちゃ格好よく撮れたはずだって」

「撮れてない」

撮れたはずだった。丈太郎自身、シャッターを切ったときはすごいものが撮れたと思った。カメラを見せてやると、液晶画面を覗き込んだ金髪は「えええー⁉」と目を丸くした。

「うわ、ホントだ。ぶれっぶれじゃん」

丈太郎が撮った彼のトリックは、見事なまでにぶれていた。被写体が金髪なこと、赤いTシャツを着ていること、満月が綺麗だったことくらいしかわからない。カメラマンを名乗るようになってかれこれ十五年以上になるが、こんな無様な写真を撮ったことなどなかった。

「だからさっさと逃げようとしたわけね。なーんだ、せっかく苦労して抜けてきたのに」

白けきった顔で肩を竦められ、丈太郎は額《ひたい》に手をやって「ああ、そうだよ」と吐き捨てた。

見たのに。間違いなく、レンズ越しにこの目ですごいものを見たのに。

それも――。

「君、大和《やまと》エイジだろ？」

彼と目が合った瞬間に気づき、先ほどのエイジコールで確信した。この金髪の青年を丈太郎は、日本国民は、よく知っている。

「大和エイジ。東京オリンピックで、スケートボードの男子ストリートで金メダルを獲った、大和エイジ」

スケートボードは東京オリンピックで初めて競技として採用された。開催種目は男女二種目ずつ。この世に〈スケートボードのオリンピック金メダリスト〉はまだ四人しかいない。

日本人は、そのうち三人。

「へえ、よくわかったね」

金髪がキャップを脱ぐ。丈太郎の記憶にある彼は純朴《じゅんぼく》そうな黒髪だったが、その顔にはやはり覚えがあった。両耳にピアスまで開けて、随分と印象が変わってしまったけれど。

「わかるさ。オリンピックの頃にテレビでもネットでも散々見た」

『養護施設出身のスケボー少年、オリンピックで両親に捧《ささ》ぐ金メダル』ってやつ？」

ふふっと鼻で笑った大和エイジは、「おじさんも感動して泣いたの？」と首を傾げる。

東京オリンピックのスケートボード男子ストリートの日本代表にして、オリンピック初代金メダリストは大和エイジという十六歳の少年だった。

日本代表ともなればオリンピック前からマスコミに取り上げられるが、大和エイジは特別だった。金メダルを獲る前も、獲ったあとも、テレビ、新聞、雑誌、ニュースサイトを賑《にぎ》わした。

三歳のときに児童養護施設に預けられ、両親の顔を知らずに育った少年が、スケートボード一つで世界に挑《いど》む。これまで自分を支えてくれた人達と、どこにいるかもわからない両親へ捧ぐ金メダル。そんな感動ドラマを何度目にしたか。

「別に、俺はそういうの、そこまで興味ないから。仕事の一環として覚えてただけで」

「仕事？」

「スポーツカメラマンだよ」

「この俺のトリックの邪魔をしたくせに？」

ぐえっ！　と頭を抱えて呻《うめ》いてしまった。スポーツカメラマンがアスリートから一番言われたくないセリフだ。

「それに加えて、ぶれぶれの写真しか撮れなかったのに？」

明らかにこちらを馬鹿にした笑い方に、不思議なほどに腹が立った。耳の奥でブチンと何かが切れる音まで聞こえてしまった。

「……スポーツカメラマンだ」

なんとか絞り出した丈太郎に、エイジが緩《ゆる》んでいた口を引き結ぶ。左眉《ひだりまゆ》をピンと動かして、丈太郎を見据えた。

丈太郎にはスポーツカメラマンとして、譲《ゆず》れない勘が一つある。

優れたアスリートは、向こうからカメラマンを〈呼び寄せる〉のだ。最高の瞬間を〈撮らせる〉ために。

呼ばれた瞬間というのは、不思議とわかる。その感覚に突き動かされてシャッターを切ると、そこには歴史を変える一瞬が写り込んでいる。丈太郎が初めて有名スポーツ雑誌の表紙を飾る写真を撮ったときも、そうだった。

無法者達の宴状態だったあの広場に足を踏み入れたのも、衝突寸前のところでカメラを構えたのも、〈呼ばれた〉からに違いなかった。

あの場所をスポーツをする場だとは認めたくないが、そこにいた大和エイジは紛《まご》うことなき金メダリストで、一流のアスリートだ。

だから、さっき彼のトリックとやらを撮るのは丈太郎の役目だったはずなのだ。

「だから、次は撮る。もうあんな失敗はしない」

「本当にぃ？　おじさん、あんまりそういうセンスあるように見えないんだけど。なんか今日の服も泥棒《どろぼう》みたいだし」

爪先《つまさき》まで黒一色の丈太郎のファッションを指さし、「もしくはイカスミパスタ」と笑う。

「肌以外で黒じゃないの、ここの白髪《しらが》くらいじゃん」

額の生え際《ぎわ》を指さして軽やかに鼻を鳴らしたエイジに、丈太郎は舌打ちをしながら生え際の白髪に触れた。二十代半ばからここだけ異様に白髪が生えるようになったのだ。

「黒はなあ、俺の勝負服なんだよ。人生懸《か》けてプレーしてるアスリートの視界に入ってもぜっったいに気が散らないように、邪魔にならないように、黒子みたいな格好してんだよ」

スポーツカメラマンは影だ。身を潜《ひそ》め、息を殺し、アスリートの最高の一瞬を撮る。着飾る必要も、服装で個性を出す必要もない。

「プロをあんまり舐《な》めんなよ。スケートボードもスポーツだ。なら、俺は撮る。撮れる。それが俺の仕事だ」

「へえ、言うね、おじさん」

丈太郎を検分するような瞬《まばた》きを数度して、エイジは再び笑った。笑っているのに眼差《まなざ》しは怖いほど真剣だった。同じ顔を、東京オリンピックの中継で見たような、見なかったような。

「面白いからさ、じゃあ、撮ってよ」

エイジの視線が階段の上に向く。一体いつからそこにいたのか、階段に座り込んでスマホを弄《いじ》っていた小柄な女の子を「トモ、行くよ」と手招きする。

スケボー片手に軽快に階段を下りてきたその子に、丈太郎は顔を顰めた。

「君、どう見ても中学生だろ」

黒のショートパンツに淡いミントカラーのシャツを羽織って、足元は若い子がよく履《は》く真っ白なスニーカー。服装は大人っぽいのに、エイジとお揃《そろ》いのキャップを被ったその顔はどう見たって中学生だった。暗がりでも化粧をしているのがわかる。瞼《まぶた》がキラッキラだ。

「えー、違うよ。高校生だよ」

鬱陶《うっとう》しそうに口を窄《すぼ》められ、思わず「嘘つけ」と言ってしまった。

「一昨日《おととい》までランドセル背負ってましたって顔で何言ってんだ。大体、高校生だったとしてもこの時間は補導対象だろ」

「保護者のエイジ君がいるからいいんだもーん」

一房だけ鮮やかなピンク色をした髪を揺らしながら、自称高校生は当然という顔でエイジと並んで渋谷の街を歩き出す。

「どこ行くんだよ」

「どっか、滑るのにいいところ」

振り返ったエイジが、思い出したように「あ、この子ね、トモっていうの」と隣にいる自称女子高生を指さす。

意気揚々《ようよう》と振り返った彼女は、にひひっと歯を見せて笑った。街灯の光に照らされて、二本の八重歯がきらりと光った。色の濃いリップをしていても、やっぱり笑ったら中学生だ。

「本名は真中智亜《まなかともあ》ね。真ん中って書いて真中。下の名前は、モチキンの智ちゃんと同じ智に、亜細亜《あじあ》の亜」

「ごめん、漢字どころか、その子がアイドルなのかモデルなのか芸人なのかさっぱりわからん」

「嘘、モチキン知らないの？　ユーチューバーだよ。モチキンってユニットの」

「知るか。俺の頭には今、おでんしか浮かんでねえよ」

「知識の知に日曜日の日で智だよ。それで智亜。二度と言わないから覚えてね、おじさん」

なんだ、長瀬智也《ながせともや》の智か。早くそう言ってくれ。

「おじさん言うな、中坊《ちゅうぼう》」

「じゃあおじさんの名前は？」

「与野だ。大宮《おおみや》と浦和《うらわ》がさいたま市になったときに巻き込まれて合併された与野市と同じ与野」

ちなみに丈太郎は与野出身ではない。さいたま市のどこが与野市だったのかすら知らない。

「うわ、知らない、どこそれ。エイジ君、知ってる？」

「さあ、知らない」

こちらを振り返ったエイジは、明らかに丈太郎を小馬鹿にしていた。モチキンを知らないのはそんなに罪なのか。

「与えるって字に野っ原の野だよ。下の名前は丈太郎だ。苗字《みようじ》が本庄《ほんじよう》とか城島《じようしま》とかだったらジョジョで主人公やってただろうよ」

「ジョジョって何？」

怪訝そうに目を細めて聞いてくる智亜に、頭を抱えそうになった。モチキンなのか、中坊にはジョジョよりモチキンなのか。

「人生のロマンが詰まったマンガだ。中坊も大人になればきっとわかる」

「ジョジョは面白いけどさあ、俺、ジョジョの話するおじさんって苦手なんだよね」

あははっ、というエイジの高笑いが、終電の時間を過ぎて閑散《かんさん》とした青山通りに響く。明かりの落ちた高層ビルを駆け上がるような軽やかな笑い声だった。

「若者の話に混ざれて嬉《うれ》しいのか知らないけど、話が無駄に長いんだもん」

「確かに〜、そういうおじさんって鬱陶しいよね」

分が悪い。十八歳と十四歳（推定）相手にこの戦いは勝ち目がない。

「エイジ君、どこ行く？」

「天宝《てんぽう》タワーの中庭？」

「ダメだよ、あそこは今の時間は警備員が巡回してる。エタニティビルのおじいちゃん警備員なら今頃仮眠してて警備も手薄だと思うけど」

「あそこの階段、この前メイクしたばっかりだからつまんないだろ」

警備員の仮眠時間がどうとか、警備が手薄だとか、お前らは怪盗団か何かか。そうツッコミを入れそうになった。今しがた、こちらの服装を「泥棒みたい」と言ったくせに。

「ていうかエイジ君、本当にこの人に撮ってもらうの？　なんか……全然撮れそうに見えないんだけど。今から銀行強盗行くみたいな格好だし」

ご丁寧に「あとここだけ白髪だし」と丈太郎の生え際を指さす智亜に、「人を指さすんじゃありません」と棒読みで返した。

「いいよいいよ、俺もそんなに期待してないから」

吐息《といき》をつくように笑ったエイジが丈太郎を見上げる。さあ、ここまで好き勝手言われて、おじさんはどうしますか。そんな顔だ。

「……お前ら、さすがに好き勝手言いすぎだぞ」

先ほど通り過ぎた建設現場の出入り口に、同じ警備員が怠そうに立っていた。くたびれた無精髭が、訝《いぶか》しげな視線をこちらに寄こした気がした。

この時間に未成年二人と黒ずくめの三十八歳が一緒にいるのは、さぞ怪しかろう。

結局、エイジと智亜が向かったのは青山通りを渡った先の渋谷ヒカリテラスだった。数年前にオープンしたばかりの新しい商業ビルだが、深夜一時を回ろうとしている今、すべてのフロアの明かりが落ちている。

中二階部分に渋谷駅の方に抜ける歩行者通路があったが、通行人の姿はない。オレンジ色の照明に照らされる通路を満足げに眺めながら、エイジが丈太郎を振り返った。

「おじさん、スチールだけじゃなくて動画も撮れるの？」

「おじさん言うな。一応、動画も撮るし編集だって仕事でやるよ」

「じゃあ、動画で撮ってよ。スチールも格好いいけどさ、スケボーはやっぱり動画でしょ」

エイジはスケートボードを滑らせる。タイルの敷かれた通路がカタカタと音を立てる。ストップウォッチがタイムを刻むような性急な音に、丈太郎は無意識にカメラに触れていた。

「ほら、本当は嫌だけど、エイジ君のお願いだから私のを貸してあげる」

智亜が抱えていたスケートボードを差し出してくる。足をのせる表面は黒なのに裏面は鮮やかなピンク色だ。

「まさか、滑りながら撮れと？」

「フィルマーってそういうものでしょ」

「なんだよフィルマーって」

「スケーターと一緒に滑って、スケートビデオを撮る人だよ」

「……そういうものなの？」

滑りながら、並走しながら、カメラを回せと？　スケートボードを差し出す智亜、悠々と先を行くエイジを順繰《じゅんぐ》りに見て、聞く。

「当たり前じゃん。後ろからぼけーっと撮ったって、全然格好よくないでしょ。スポーツのカメラマンって、そういう撮り方しないの？」

「やらねえよ。一番いい場所を奪い合って、そこからシャッターチャンスを狙《ねら》うんだよ」

カメラマンゾーンと競技ゾーンの区切りは、神聖な境界線だ。アスリートの邪魔をすることなく、彼らのベストプレーを〈撮らせていただく〉ための。

並走して撮れとはつまり、その境界線を越えて、アスリートの領域に踏み込んで、カメラを構えろということだ。

「おじさーん、どうするー？　やっぱりやめるー？」

丈太郎の頬が強ばったのを見透かしたように、エイジが聞いてくる。その声に「どうせできないでしょ？」という嘲笑が滲んでいる。

「馬鹿にしやがって」

舌打ちを堪《こら》え、丈太郎は智亜からスケートボードを奪い取った。小生意気な中学生は「お、やるんだ」と丈太郎を見上げた。

「やるよ」

「ウィールの交換したばかりだから優しく乗ってよね。転んでデッキ折ったら許さないから」

「ウィールもデッキも何のことか知らないけど、わかったよ」

ぽん、とスケートボードに飛び乗って、試しに地面を蹴る。「タイヤと板のことだよぉ～！」という智亜の声が、あっという間に遠ざかっていく。

風は吹いていないが、自分の頬を撫《な》でて流れていく夜の空気はひんやり冷たく、気持ちがよかった。土踏まずのあたりをくすぐる浮遊感に、自分がひどく身軽になった気がしてくる。

こちらを流し目で眺めながら、エイジはゆらゆらと通路を蛇行《だこう》していた。丈太郎が追いつくのを待ってから、「スケボーやったことあるの？」と聞いてくる。

「ないよ」

「スポーツは？」

「中学高校と野球部」

「うわ、ゴリゴリの体育会系じゃん。甲子園目指しちゃってた系？」

「甲子園常連校の万年二軍」

「すごいんだかすごくないんだか、今ひとつわかんないけど、まあまあすごいんだろうね。ちゃんと滑れてるし」

まあまあすごい。確かに、それくらいだ。本当にすごい選手だったらプロを目指してる。

「さあ、おじさんに俺が格好よく撮れる？」

エイジが地面を蹴る。オレンジ色の光に照らされた背中が滑らかに遠ざかる。

丈太郎はカメラのストラップを右腕に巻き付け、一眼レフを片手で持った。ゴシップを追うからと小振りなものを持ってきておいてよかった。

エイジの真似《まね》をして地面を蹴る。やったことはないと言ったが、そういえば中学のとき友人と遊びで滑ったことがあった。簡単なトリックに一つ二つチャレンジして、手を怪我して野球に支障が出たら嫌だとやめた。

でも、この風を切る感じは結構好きだった気がする。二十年以上前の記憶に、ふっと頬が緩みそうになった。慌てて眉間に力を入れた。

「オリンピックの金メダリストが、なんであんなイベントに出てるんだ」

「さっきのストライプビルのアレのこと？」

エイジがぴょんとその場で跳《は》ね、スケボーの板（さっき智亜はデッキと呼んでいたっけ）を裏表に一回転させながら聞いてくる。

「あんな、酒と金が乱れ飛んでるようなイベントに未成年のメダリストが出てるなんて、マスコミの餌食《えじき》だぞ」

「十八歳だからもう成人してるよ」

「酒も煙草《タバコ》もダメなんだから、未成年みたいなもんだろ」

「固《かた》いこと言うなあ、おじさん」

器用にデッキの回転方向を変えながら、エイジが空を仰《あお》いで笑う。何枚かスチールを撮ってから、丈太郎は動画の録画ボタンを押した。

ファインダーを覗くが、丈太郎の方が背が高いせいか、いまいちスケボーの疾走感《しっそうかん》が出ない。智亜の言葉を借りるなら、全然格好よくない。

「ていうか、そもそもあそこってスケボー禁止だろ。下手したら不法侵入して勝手にイベントやってんじゃないのか。本番の場数を踏みたいなら他にいくらでも公式の大会があるし、練習したいなら専用の場所があるだろ」

どこもかしこも人であふれる東京で、スケボーが許される場所なんて稀《まれ》だろう。丈太郎だって、スケボー禁止の場所で警察に注意されているスケーター達を何度も見たことがある。ましてや深夜にビルの敷地内でイベントなんて、合法的に行われているわけがない。

「場数を踏むための大会？　練習？」

何言ってんの。肩を揺らし、腹まで抱えて、エイジは笑う。

「固いことばっかり言うなって思ってたけど、おじさんの考えるスポーツってのも、随分とお堅《かた》いんだね。久々にこんなわかってねーなって人と話すから面白いわ」

「何が言いたい」

「毎日しんどい練習して、参加標準記録だか何だかをクリアするために大会に出て、目指せオリンピック――っていうのがおじさんの思うスポーツってことでしょう？」

丈太郎が肯定も否定もしないうちに、エイジは再び高笑いする。

「わかる、わかる。あのときオリンピックにはしゃいでた人達って、そういうのが大好きだもんね」

ポイ捨てでもするような言い方だった。ウィールがタイルを擦る音が、少し大きくなる。

「ちなみに今日のアレ、ちゃんと許可取ってあるやつだよ。おじさんが肩組んでた人、あのビルのオーナーだもん」

「肩組んでた人って……」

蘇る高級腕時計に、デッキから足を踏み外しそうになった。

「あ、あのオーデマ・ピゲ……ビルのオーナーだったのか」

「そう、しかも超有名なＩＴ企業の社長。ストライプビルの中に本社が入ってるよ」

エイジが口にした企業名に、再びデッキを踏み外しかける。

「……どう見ても健全じゃない方法で金持ちになったタイプの金持ちだったのに」

「あの人、スケボー好きなんだよね。だからああやって、たまにあの広場でイベントを開いてくれるの。すげートリック決めたらお金配ってくれる太っ腹」

「いや、それにしたって……」

「それにしたって？」

再びデッキを回転させ、「これね、キックフリップっていうの。超基本のトリック」とエイジは足下を指さした。おじさん、知らないでしょう？　そんなんで撮れるの？　という顔だ。

「ああいうアングラっぽいイベントに金メダリストが出てると、世間から叩かれちゃうよって言いたいわけ？」

「世間が理想とするアスリート像とズレすぎてる。オリンピックの金メダリストなら、社会から求められるものが違う」

「有名人なんだからもっと世間体《せけんてい》を気にしろって？」

そういうことだ——言いかけた丈太郎を、エイジは鼻で笑う。

「どーでもいいよ」

「いや、よくはないだろ。大体、お前はどうしてパリオリンピックに出てない」

広場で初めて彼を見たときから抱えていた疑問を、咄嗟に口にしてしまった。一瞬だけ、自分とエイジの間を鋭い風が吹き抜けた。

「お前にしかなかったオリンピック連覇《れんぱ》の権利を、どうして捨てた。大和エイジは今や巷《ちまた》では〈消えた金メダリスト〉だぞ」

東京オリンピックが終わった直後、大和エイジはテレビ番組や大会のゲストスケーターとして引っ張りだこだった。ところが、オリンピック閉幕から半年ほどでメディアへぱったりと姿を現さなくなる。それどころか、スケートボードの大会にすら出場しなくなる。

それはつまり、パリオリンピックの日本代表になる気はないということだ。

「さっきから思ってたんだけどさ、オリンピックってそんなに大事なの？　おじさんはスポーツ選手ですらないのに」

心底理解できないという顔をされ、逆に面食《めんく》らってしまう。オリンピックが大事か大事じゃないかなんて――そんなものは、考える必要すらないだろう。

「選手じゃないが、オリンピックの価値はよく知ってる。金メダリストは文字通り世界一の栄誉。歴史に名を残す偉業。その後のキャリアだってある程度保証されるし、ましてや連覇なんてことに」

「うわっ、もう頭固すぎて気持ち悪い、勘弁して。オリンピックなんて興味ない、興味ない」

右手をヒラヒラと振りながら、エイジはタイルを蹴る。自分に絡みつく重力の糸を振り払うような、鮮やかな加速だった。

技を繰り出したわけでも、華麗《かれい》なジャンプをしたわけでもない。ただ加速しただけ。たったそれだけのことに、視線が引き寄せられてしまう。「ふざけんな、オリンピックをなんだと思ってんだ」という声がどこかに消えてしまう。

夏の夜の湿った空気を切り裂いて進むスケボー少年の背中から目が離せない。ああ、これだ。呼ばれた。「撮れ」と命じられた。

丈太郎は自分の頬を平手で軽く叩いた。自分の目で呑気《のんき》に見惚《みと》れてる場合じゃない。この背中を最も格好よく撮る方法は何か。スポーツカメラマンとしての勘が、勝手に丈太郎の体を突き動かす。

丈太郎はカメラを足元に持っていった。中腰で滑ることになるが、こちらのアングルの方が絶対に臨場《りんじょう》感《かん》が出る。足でデッキを操《あやつ》り、トリックを決める。それがスケートボードの醍醐《だいご》味《み》なのだから、アングルは低ければ低いほど面白い。

「おじさん、本当にスケボー撮ったことないの？」

こちらを舐め腐《くさ》っていたエイジの声に、ほんの少し、艶《つや》が出た。丈太郎の勘はどうやら正解を引き当てたらしい。

「ないけど、撮るならこうだろ？」

十年もスポーツカメラマンをやってきたのだ。どう撮れば臨場感が出るのか、その競技の面白さが見る人に伝わるのか、たぐり寄せるだけの経験値はあるつもりだ。

「ちゃんとスポーツのカメラマンなんだね、おじさん」

「おじさん言うな」

「じゃあ、これはどうかな」

鼻歌を歌いながらエイジが繰り出したトリックに、丈太郎は静かに息を止めた。

笑いながらジャンプしたかと思ったら、体をデッキごと百八十度反転させ、それにデッキを裏表回転させるキックフリップまで組み合わせてくる――横文字やら数字やら、きっと長々とした名前がつくタイプの技。

金メダリストはそんなトリックをなんてことない顔で次々と繰り出す。やってくれるじゃねえか、と笑い出しそうになった。

「……そうか」

思わず声が出た。

この生意気な金メダリストがどんな神業《かみわざ》を披露しても、それを記録できるカメラマンは、今、俺しかいないのだ。それに気づいてしまったら、止まる理由がない。耳の奥で炎が爆《は》ぜる音までしてしまった。プライドが滾《たぎ》る音だ。

「挑発しやがって」

地面を蹴って、エイジの前に出る。彼の体を煽って煽って、デッキが縦に横にしなやかに回転するさまを収めた。この目で確認しなくてもわかる。今、ものすごくいい画《え》が撮れている。

「その程度でいい気にならない方がいいよ、おじさん」

口元は笑っているくせに、目の奥を奇妙なくらい鋭く光らせ、エイジはさらに加速する。

目の前に下り階段が迫っていることに、丈太郎は初めて気づいた。

「怪我しないように、そこで指咥《くわ》えて見てるといいよ」

エイジは止まらない。語尾を楽しげに弾《はず》ませて、階段に突っ込んでいく。

また、予感がする。肩胛骨とうなじのあたりがビリリと強ばって、これを逃すとお前は一生後悔するぞと誰かが耳の奥で叫ぶ。スポーツカメラマンとしての勘が、死んでも撮れと丈太郎に命じた。

何の躊躇《ためら》いもなく階段を飛び降りたエイジに、無我夢中で続いた。

「え、うそっ？」

一緒に跳んだ丈太郎の姿に、エイジが目を見開く。黒いキャップがふわりと飛んで、彼の表情が露《あら》わになる。瞳にオレンジ色の光が差し、金髪は白く煌《きら》めいた。

随分と重たいものに縛られながら生きていたのだと、重力から解き放たれた瞬間に思った。胃袋の下の方から、炭酸みたいな高揚感が湧き上がってくる。

階段の段数は——十数段は軽くあった。

「おじさん、やるじゃん！」

東京オリンピックの金メダリスト・大和エイジはニヤリと笑った。白い歯を覗かせて、鋭く身を翻す。

重力を操るようにデッキを縦横自在に三百六十度回転させる彼を、丈太郎はカメラに収めた。ビルの壁面に映るエイジの巨大な影まで、精巧《せいこう》に作り込まれた壁画《へきが》か何かに見えてくる。

エイジのこめかみに真っ赤なヘアピンが数本留《と》められていた。ただのヘアピンのはずなのに奇妙なくらい華やかな光り方をした。

初めて女子フィギュアスケーターの四回転ジャンプを撮ったこと、甲子園決勝の撮影に入ったこと、男子100メートル走の日本記録誕生の場に立ち会ったときのことが蘇った。

おいおい、走馬灯《そうまとう》じゃねえか。気づいた瞬間、重力に胸ぐらを摑まれた。

デッキから飛び降りたらまずいと本能でわかって、足の裏でデッキをむずんと捉えた。着地の瞬間、落下のエネルギーが推進力に変わる。全身に電気が走って、膝《ひざ》が痙攣《けいれん》した。

そのまま、階段下の広場にあった噴水に頭から突っ込んだ。

噴水の水は生ぬるかった。頰を打つ無数の雫《しずく》に目を開けると、カメラを持った右手は天に向かって高々と突き上げられていた。カメラマンの性《さが》か、撮影データだけは守ったらしい。

大きく息を吸った。一体いつから息を止めていたのかわからないが、吸い込んだ空気が肺を満たすかすかな痛みすら愛おしかった。

「おじさん、生きてる？」

酔い潰れた友人を見るかのような顔で、エイジがこちらを覗き込んでいる。幸い怪我はないようだが、どうしてだか体が動かない。

「さあ、どうだろうな」

噴水に横たわったまま。丈太郎はカメラを確認した。そこに記録された映像を見て、肩を揺らして笑った。久々の、本当に久々の、腹の底が震えるような笑いだった。

「安心しろ。今度はちゃんと撮れたよ」

カメラを指さすと、金メダリストは目を丸くして「へえ」と生意気に鼻を鳴らした。

「まさか、跳ぶと思わなかったよ。あの階段、十六段あるんだよ？　よく着地できたね」

「うるせえ、スポーツカメラマンの嗅覚舐めんな。あと、おじさんも舐めんな」

ずぶ濡れで笑う丈太郎がそんなに奇妙だったのか、エイジの表情がすーっと凪《な》ぐ。丈太郎を嘲笑ってニヤニヤと緩んでいた唇《くちびる》を引き結び、こちらを凝視《ぎようし》してくる。

噴水から舞い上がった水滴が、照明の光を吸収して、金色の粉になって落ちてくる。丈太郎の頬を濡らし、エイジの金髪を濡らした。

「なんだよ」

我慢できず問いかけた丈太郎に、エイジが右手を差し出してくる。丈太郎が手を伸ばすと、ふふっと彼の指先が震えた。

新しい玩具《おもちや》を見つけたみたいな顔で、こちらに笑いかける。

「ねえ、おじさん、俺に仕《つか》えない？」

傲慢《ごうまん》な言葉遣いとは裏腹に、エイジは年相応の無邪気《むじやき》な笑みを浮かべていた。おじさんを馬鹿にするのではなく、隠しきれない興奮を嚙み締めるような目をしている。

「……は？」

伸ばしかけた腕を引っ込め、丈太郎は顔を顰めた。

「俺のフィルマーになってよ。要するに、今日みたいに俺のことを撮って」

「いや、誰がクソ生意気な金メダリストに仕えるか。俺はな、人様に迷惑をかけてまでアスリートを撮りたいとは思わないし、犯罪すれすれのこともやりたくないの、大人だから！」

「ええー、楽しくなかった？」

「勝敗を競うわけでも、技の難易度を点数で争うわけでもない、街中でただトリックを決めて満足感に浸《ひた》るだけの行為を、俺はスポーツとは言わない。どれだけ滑ろうと誰にも文句を言われない場所がいくらでもあるのに、あえて人が生活する場所に乱入する意味もわからない」

吐き捨てた丈太郎を、エイジはまだ口元を緩ませたまま眺めている。この野郎、そんなにムキになるおじさんが面白いか。

「体張っちゃうくらい俺のトリックに魅《み》せられてたくせに？　滑るのも撮るのも、結構楽しんでたじゃん」

「楽しんでねえよ、死ぬかと思ったわ」

「そういうスリルの先でめちゃくちゃ格好いいものが撮れても？　しかも、撮れるのは世界でただ一人、おじさんだけだよ」

こいつ、俺が一瞬だけ感じた興奮を見透かしてやがる。思いきり睨《にら》みつけてやったら、エイジは先ほどと同じように挑発的な笑みを浮かべていた。腹立たしいほどに生意気で、なのにどこか品があって、見入ってしまう。

差し出されたままの彼の手を振り払おうとしたら、智亜が「エイジくーん！」とピンク色の髪を振り乱しながら階段を駆け下りてきた。途中に落ちていたエイジのキャップをしっかりと拾いながら、叫ぶ。

「警備員来た！　しかも五人もゾロゾロ来た！」

「やば、逃げよう」

側に放り捨てられていた自分のスケボーに飛びついた智亜が、「ちょっとー！　デッキ折れてるじゃん！」と悲鳴を上げる。

エイジは笑いながら、丈太郎の手を引っ摑んだ。

「ほら、おじさん、逃げるよ。ヒカリテラス、セキュリティが厳しいんだよね」

丈太郎を噴水から引っ張り上げたエイジは、自分のスケボーを器用に脇に挟《はさ》み、右手で丈太郎を、左手で「弁償してよ、おじさん！」と喚《わめ》く智亜の手を引いて走り出した。

背後から「こらあぁー！」という男性の野太い声がする。それも複数人。そりゃあ、商業ビル内の通路で深夜にスケボーなんて、怒られないわけがない。

夜の渋谷を、一体どれくらい走ったか。

ほんの一時間ほど前に丈太郎が途方に暮れていた宮益坂上の歩道橋の真ん中で、やっとエイジは走るのをやめた。

「あー走った走った。気持ちいぃ」

額の汗を拭《ぬぐ》うエイジの横で、欄干《らんかん》に突っ伏して丈太郎は「気持ちよくない！」と叫ぶ。

「ずぶ濡れの三十八歳をこんなに走らせるんじゃねえ、殺す気か。三十五過ぎると人間は結構あっさり死ぬんだぞ」

「あの階段から飛び降りても死ななかったんだから、大丈夫だって」

渋谷の高層ビル群に向かって高笑いをしながら、エイジは丈太郎のカメラに手を伸ばす。

「さっきの、見ていい？」

「どうぞご自由に。でも、お前のフィルマーとやらにはならないからな」

「えー、もっとすごいのが撮れるかもしれないのに？」

ふざけんな、体がいくつあっても足りねえよ。言ってやりたかったのに、声にならない。それは久々の全力疾走で息切れしているせい……だけではない。

自分の中のスポーツカメラマン魂というやつが、このチャンスを逃したくないと思ってしまっている。

「ねえ、エイジ君」

智亜がエイジの肩を指でつつく。こんなに走ったのにケロリとしているあたり、さすがは中坊だ。若さと体力が違う。

「フィルマーをスカウトするのはいいけどさ、このおじさん、暴力事件起こしたみたいだよ」

ほら、と智亜がスマホをエイジに見せる。丈太郎は何も言わず目元を掌で覆《おお》った。

「与野丈太郎で検索したら一番上に出てきた」

智亜のスマホに映し出されているのは、与野丈太郎が別のカメラマンを殴《なぐ》りつけている動画だった。それも、陸上のオリンピック日本代表を決める、大事な大事な大会での一幕だ。

「いろいろあったんだよ、いろいろ」

五月に横浜で開催された陸上競技大会に、丈太郎はカメラマンとして撮影に入っていた。

事件が起こったのは、男子５０００メートルのレース中だった。丈太郎はゴール付近を陣取《じんど》っていカメラを構えていた。一位の選手がゴールした直後、テレビ中継を担当していた背の低いカメラマンが優勝者を正面から撮ろうとコースを横切った。

そのまま、ラスト一周に入ろうとしていた最下位の選手と衝突した。ぶつかった選手は膝から転倒し、そのまま起き上がれなかった。

優勝者をいいアングルで撮りたかったのだ。きっとディレクターから「絶対に撮れ」と指示されたのだ。丈太郎だってそういうプレッシャーを編集者からかけられる。

でも、転倒した選手は、この日が引退レースだった。彼が大学生の頃から丈太郎はたびたびその姿を撮っていた。日本代表になれるような強いランナーではなかったが、それでもひたむきに走り続ける姿が印象的だった。

一位の選手のゴールシーンはしっかり写真に収めたが、彼の最後のゴールも必ず撮ると決めていた。たとえ彼が最下位だろうと、写真がどこの媒体にも掲載されなかったとしても、撮ろうと決めていた。

だから、「こんなはずでは……」とバツの悪そうな顔をしつつ、どこか「俺は悪くない」という態度でいたカメラマンを許すことができなかった。

彼に歩み寄り、肩を摑んだ。「あんた、何やってんだよ」と問いかけた丈太郎に、相手はあろうことかこう言ったのだ。

——別に、順位に影響はなかっただろ。

彼がどんな顔で、どんな声でそう言ったのか、丈太郎ははっきりと覚えていない。ただ、気がついたら彼を思いきりグーで殴りつけていた。丈太郎の方が上背《うわぜい》があるから、背の低いカメラマンは見事に吹っ飛んだ。

「それが全国に生中継され、動画も拡散され、おじさんは絶賛謹慎中《きんしんちゅう》？」

ことの顚末《てんまつ》を聞いたエイジは智亜のスマホを再び覗き込んだ。「すごい、マンガみたいなグーパンチ」と小声で呟く。

「フリーだから、正確には謹慎じゃなくて干されてんだけどな。何なら、接触事故より俺のグーパンチの方が大事《おおごと》になってるよ」

「まあ、テレビ局からしたらそっちの方がありがたいよね。自分のところのカメラマンの不祥事より、フリーのカメラマンの暴力事件を大きく取り上げるわけだ」

そういうことだ。そういうことだで済ますのも腹立たしいが、そういうことなのだから仕方がない。

「そう。おかげで、パリオリンピックの仕事もぜーんぶ飛んだ。コロナ禍で碌《ろく》に撮影できなかった東京オリンピックのリベンジだったのにな」

専門学校を卒業してカメラマンになり、数年のアシスタント修業を終えて独り立ちした頃、二〇二〇年の東京オリンピック開催が決定した。東京オリンピックを撮ることが、スポーツカメラマンとしての大きな目標になった。

迎えた東京オリンピックはパンデミックによりカメラマンの数が制限され、丈太郎は撮影に入れなかった。コロナ禍で仕事もほとんどなくて、家でオリンピックの中継を観て過ごした。

「あー、なるほど、そういうことね」

その東京オリンピックに出ていたエイジは、つまらなそうに肩を竦める。

「だから、悪かったと思ってる」

「何が？」

「さっき、お前のパフォーマンスの邪魔をしたことだ」

競技の場に乱入し、大和エイジのトリックを妨害した。自分がやったことは、あの日、コースを横切ってランナーに衝突したカメラマンと同じだった。自分を殴ってくれる人間が今の今まで現れないことに、逆に腹立たしくなってくる。

「え、なに？　あれを申し訳なく思ってるの？」

目を瞠《みは》ったエイジの顔は、今にもきょとんと音が聞こえてきそうだった。歩道橋の下をオートバイが走り抜けていく音が、足下から響いてくる。

「俺はおじさんが乱入してくれてよかったと思ってるよ。俺達ストリートスケーターは、階段だろうと壁だろうとガードレールだろうと、目の前にあるものに臨機応変に対応しながらその瞬間にできる最高のトリックを目指す生き物なんだから」

勝ち誇ったような顔で、エイジは丈太郎を見上げた。

「あのジャンプ台で普通にメイクするより、ずっと面白いトリックになったでしょう？　オーディエンスも沸いてたしね」

「でも」

「オリンピックじゃないんだから、あの歓声と拍手がすべてだよ。おじさんには一生わからないかもしれないけどね」

口の端をツンと吊り上げて笑ったエイジは、こちらの顔をまじまじと見つめ、閃《ひらめ》いたとばかりに目を輝かせた。

「不祥事で謹慎中で、オリンピックにも行けなくて、ついでに俺に申し訳ない気持ちでいるんだ。じゃあ、ちょうどいいね」

欄干に頬杖《ほおづえ》をつき、丈太郎の不祥事も失敗も、タンポポの綿毛に息を吹きかけるように笑い飛ばす。彼の背後で智亜が「うわ、マジか」という顔をした。

「おじさん、とりあえず、来週も俺のスケートビデオ撮って」

丈太郎のカメラを両手で抱え、エイジは小さな液晶画面を人差し指でコンコンと叩く。

そこには、金色の光をまといながら跳ぶ金メダリストが映っている。

「パートって言ってね、ストリートスケーターにとって、自分のトリックを集めたスケートビデオは名刺みたいなものなんだよ。格好いいパートを残してこそ、格好いいスケーターなの。オリンピックの金メダルなんかより、ずっとね」

「……マジかよ」

とっくに息は整っているはずなのに、声が擦《かす》れた。

「いいでしょ？　おじさん」

「おじさん言うな」

「じゃあ、与野クン？」

いたずらっぽく笑ったエイジを真似して、智亜が「丈太郎クン？」とこちらを見上げる。

「なんで十八歳と中坊に〈クン〉って呼ばれなきゃならねえんだよ。〈おじさん〉の方がマシだわ」

言いながら頭が勝手に計算してしまい、「うわ、お前、俺が二十歳のときに生まれたのかよ」と呻いてしまった。衝撃的だ。その気になれば俺は大和エイジの父親だ。

「じゃあ、おじさんだね」

あははっと腹を抱えて笑ったエイジと智亜を前に、言ってやりたいことは山ほどあるのに、どれもこれも億劫になってしまう。

もう一度欄干に突っ伏して、「マジかよ」と舌先で言葉を転がした。

六月らしい湿った風が、歩道橋の上を吹き抜ける。べたっと重たい風も、濡れた体には心地がいい。

多分、俺は今夜、久々に楽しい気分になっているのだと思う。

第二話

宇田川プーケットナイト99

気怠《けだる》そうに車止めに腰掛けていた大和《やまと》エイジは、顔を上げたと思ったら足元のスケートボードにそっと踵《かかと》をのせた。

靴下でも履《は》くような、その人の生活に馴染《なじ》みきった動作だ。与野丈太郎《よのじょうたろう》は一眼レフに取りつけたハンドルを握《にぎ》り締めた。

金髪を留《と》める真っ赤なヘアピンの位置を直して、エイジは軽やかに地面を蹴《け》った。「行くよ」とかなんとか一言かけろや、と肩を竦《すく》め、丈太郎はスケートボードで彼のあとに続いた。

バランスを取りながらスピードに乗って、カメラを地面すれすれの低い位置に構える。

午前一時を回って人通りも少なくなった渋谷《しぶや》の路地に、二台のスケボーのウィールの音が響く。街灯の黄ばんだ明かりの下、十八歳のオリンピック金メダリストと仕事を干された三十八歳のカメラマンの影が、薄汚れたアスファルトを走っていく。

ダイニングバーにレコード店に居酒屋、雑多に店が並ぶ路地の先には、踊り場を挟《はさ》んで九段ずつ、十八段の緩《ゆる》やかな階段。エイジが鼻から深く息を吸う音が聞こえ、丈太郎は無意識に息を止めた。

デッキと共にジャンプして身を翻《ひるがえ》したエイジが、階段の中央を貫く手すりに飛び乗る。木製のデッキと金属製の手すりがぶつかり合い、甲高《かんだか》い音が渋谷の白茶けた夜空を走った。

そのさまを、階段の上から身を乗り出してカメラに収めた。

エイジは軽やかに手すりを滑《すべ》り降り、踊り場に着地して、その先の九段の階段を勢いよく飛び降りる。体をデッキごと百八十度反転させ、ついでにデッキを裏表回転させる――一週間前、深夜の渋谷ヒカリテラスで丈太郎に見せつけた、バックサイド180キックフリップだ。

二十四時間営業のタイ料理店「プーケットナイト」に掲げられた「普吉府的夜晩」という真っ赤なネオン看板に、エイジの金髪がよく映《は》えた。

彼の真っ赤なへアピンに彩られたこめかみから汗が一粒飛ぶ。それすら綺麗《きれい》だった。くそ、もうちょっと近くで撮《と》るべきだったな。そんな悔しさが胸に襲ってくる。

だが、勢いがつきすぎて着地が上手《うま》くいかなかった。ずさーっと湿った音を立てて転倒したエイジに、タイ料理店でシンハービール片手に談笑していた客達が一斉に外を見た。

「あー、失敗した。途中までいい感じだったのにな」

アスファルトに大の字になったエイジのことを、とりあえず撮っておく。

「まだやんのか？　血、出てるぞ」

大きな擦《す》り傷ができたエイジの左腕を指さすと、彼は「うわ、ホントだ！」と笑う。何がおかしいのか、星など碌《ろく》に見えない空を仰《あお》いで高笑いする。

腕だけではない。Tシャツやズボンのあちこちに擦《こす》れた痕《あと》があるし、膝《ひざ》は破れて穴が開いている。正直、目の前で派手に転倒されるのはカメラマンとしては大変心臓に悪い。一体何度、大怪我《おおけが》で引退する選手をレンズ越しに見てきたか。

「あと一回あればメイクできそうなんだけど……ちょっと厳しいな」

「やめとけやめとけ。結構酷《ひど》いぞ、その傷」

「いや、怪我のことじゃなくてさ、そろそろ来るんだよ」

エイジがピンと眉《まゆ》を動かし、路地の先に視線をやる。

「来るって、何が……」

「セキュリティに決まってるでしょ」

直後、少し先で大通りの様子を窺《うかが》っていた真中智亜《まなかともあ》が叫《さけ》んだ。

「エイジ君、警察来た！　アレは宇田川《うだがわ》交番の笹森《ささもり》巡査！」

「ほーら、そろそろ来るって言ったでしょう？」

素早く体を起こし、「うちのトモは優秀なスポッターなんだよ」とエイジは道の端《はし》に転がっていったスケートボードを拾う。

「スポッターも何も、そもそも中坊《ちゆうぼう》は余裕で補導の対象だろ」

スポッターとは、街中で滑っている最中に通行人や警備員が来ないか見張る役だと他ならぬ智亜から聞かされたが、深夜一時に中学生が渋谷にいる時点で警察は向こうから寄ってくる。

「だから、高校生だって。あと保護者がいるからいいんだもん」

エイジを指さし、智亜はピンクのエクステ混じりの髪を揺《ゆ》らして階段を駆《か》け上がる。

「宇田川交番の笹森さんならそんな固《かた》いことは言わないんだけどね。ま、一応逃げておこうか。形だけ」

悠々とエイジも続く。振り返ると、路地に駆け込んできた宇田川交番の笹森巡査とやらが「まーた君達か」と苦笑いしていた。丈太郎より年下の、確かに固いことは言わなそうな若い警察官だった。

といっても、中学生がいるとなれば補導しなければならないだろうし、深夜のスケボーは取り締まり対象だろう。カメラバッグを抱《かか》え、丈太郎もエイジ達を追う。

「この間といい、なんで最後は〈走って逃げる〉なんだよ！　怪盗団か何かかっ」

「しょうがないでしょ、渋谷のセキュリティは世界一だよ。悠々と滑ってて怒られない場所なんてないの」

鼻歌でも歌うようにエイジが答える。どうやら、こいつの言う〈セキュリティ〉は「スケートボードを咎《とが》める人間」という意味らしい。

幸い、警官もしつこく追っては来なかった。通りを一本抜ける頃には気配すらなくなり、無人の車道の真ん中をエイジは悠々とスケートボードで滑っていく。

「あーあ、もうちょっとだったのになあ。おじさん、またあそこで撮ろうよ」

「警察や警備員に追いかけ回されるのは勘弁してくれ。練習するならパークでも何でもできるし、そもそも見つかるたびに逃げ回ってたら練習も何もないだろ」

「はあ？　おじさん、それ本気で言ってる？」

わざわざ立ち止まって、エイジは「これだから素人《しろうと》は」と言いたげに大袈裟《おおげさ》に肩を竦める。

「おじさん、スケートボードを競技だと思ってるだろ」

「立派な競技だろ。だからオリンピックにも採用された。ストリート種目があってパーク種目があって、トリックの難易度とかオリジナリティなんかを点数化して競い合う。お前だってそれで金メダルを獲ったじゃねえか」

「それも確かにスケートボードだけど、それだけじゃない。スケートボードはストリートから生まれたカルチャーなんだよ。街中で滑るからストリート！　だから、迷惑だと思われようと俺《おれ》はストリートにこだわる。だってそれがスケートボードのカルチャーなんだから」

エイジがじっとこちらを見上げてくる。そのまま怪訝《けげん》そうに眉を寄せた。

「うわ、全然理解してない顔」

「よくわかってんじゃねえか。全然理解してねえよ」

大袈裟に肩を竦めてやり返してやる。

「おじさん、俺がやってることをただの遊びだと思ってるだろ。真面目《まじめ》に練習もしないでふらふら遊んでるって。インスタに上げる映《ば》えスイーツを撮るくらいのテンションでカメラ回してるだろ」

「おお、的確なたとえだな。さすが金メダリスト」

杖《つえ》をつくようにデッキの先端《ノーズ》でアスファルトを鳴らし、エイジが丈太郎を睨《にら》む。

「あのね、おじさん。俺達が自分のトリックを動画に残すのは、大昔からいろんなスケーターがそうやってカルチャーを作ってきたからだ。トリックに点数をつけるのとは別の、映像からそのスケーターの生き様や格好《かっこう》よさを測る物差しがあるんだ。フィルマーなら、さっさとそのへんを理解してよ」

「だから、俺はそのフィルマーとやらになった覚えはないからな」

渋谷ヒカリテラスで「俺に仕《つか》えない？」と傲慢《ごうまん》な態度で提案されたことが蘇《よみがえ》り、いやあれはどちらかというと命令だったなと思い直してさらに苦々しい気分になる。

「じゃあなんでノコノコ俺のこと撮りに来てるのさ」

「カメラ触ってないと勘が鈍《にぶ》るからだ、逆に感謝しろ」

血の滲《にじ》んだ左腕を舌先でチロリと舐《な》めて、エイジはスケボーに足をのせた。

「とにかく、またあそこで滑るから」

金メダリスト様は勝手だ。すーっと地面を蹴って滑っていく背中は、高校を卒業したばかりの——少年と青年の間を彷徨《さまよ》うような薄さをしているのに。

「おう、勝手にどうぞ。こっちは勝手に撮るから」

カメラを抱え、丈太郎はスケートボードを地面に置いた。遠くに車のテールランプが見え、かすかにトラックの走行音がする中を、ゆっくりエイジに続いた。

「でもおじさん、乗り気じゃなかった割に魚眼《ぎょがん》レンズなんて持ってくるし、カメラにハンドルつけてくるし、準備万端じゃない」

エイジから連絡がきたのは昨日の昼だった。タイ料理店「プーケットナイト」前の階段に言われるがままやって来た丈太郎を、エイジは「へえ、百点の装備じゃん」と勝ち誇った顔で褒《ほ》めた。拾った犬が予想以上に賢《かしこ》くて嬉《うれ》しい、という笑い方で。

「プロを舐めんなよ。競技映像を何本か見れば、撮るのに必要な機材の目処《めど》は立つわ。じゃなきゃ仕事になんないの」

見栄を張らずに言えば、スケボーの大会の映像も、スケートビデオとやらも、何十本と見たのだが。

「魚眼レンズなんてよく持ってたね」

「何年か前にＢＭＸを撮るときに必要そうだから中古で買った」

魚眼レンズは通常のレンズより広い範囲を撮影できる。画面の端に向かって大きな歪《ゆが》みが出るが、至近距離でトリックを臨場感《りんじょうかん》たっぷりに撮るとなると、やはり魚眼だ。

その魚眼レンズをつけたカメラに、何のトリックを決めるでもないエイジの背中を収めた。

昼間はあんなに人であふれている渋谷を、スケートボード一つで駆けていく。魚眼レンズが、肉眼で見るより世界を広く大きく映し出す。車道の真ん中を緩やかに走り抜ける金髪からは、不思議な爽快感《そうかいかん》が漂《ただよ》っていた。

渋谷は眠らない。だが、さすがにこの時間になると街のネオンも喧騒《けんそう》もまどろんでいる。ムシッとした暑さの中、どこか穏《おだ》やかな涼風が吹く瞬間がある。

「ねー、二人でスイスイ滑っていかないでよ！」

智亜のスニーカーの音が近づいてくる。「悪い悪い」と丈太郎は立ち止まった。彼女のスケボーは、渋谷ヒカリテラスで階段を飛び降りたときに丈太郎が真っ二つに折ってしまった。

「ほれ、使うか？」

滑っていたスケボーを差し出すが、智亜は「えー、嫌だ」と眉間《みけん》に皺《しわ》を寄せた。

「それはもともとエイジ君のだけど、おじさんにあげたやつじゃん。だから、おじさんの」

「おじさんのは嫌か」

「うん、嫌だ」

悪びれる素振《そぶ》りすらなく、智亜が丈太郎を追い越していく。丈太郎は黒一色の素《そ》っ気《け》ないデザインのデッキを見下ろした。

「三十八にもなって、スケボー片手に渋谷でお巡《まわ》りさんに追いかけられるとはな」

それも、十八歳と中坊を連れて。溜《た》め息と苦笑いを混ぜこぜにして、丈太郎は再び深夜の渋谷を滑り出す。

◈

「いやあ、しかし、派手に真っ二つにしたねえ」

見事にくの字に折れ曲がった智亜のスケートボードを手に、いつかのパイナップル親父《おやじ》は肩を揺らして笑った。

彼は相も変わらずパイナップルみたいな色のシャツで、パイナップルのヘタみたいな緑色の髪をしている。ついでに溶けかけのアイスクリームのようなとろんとした口調《くちょう》で話す。話しているだけでこちらの体内時計がゆっくりになるような気がした。

「ヒカリテラスの階段から飛び降りたんだって？　しかも十六段って、よく初心者で跳《と》べたねえ。いや、初心者じゃなくても無理だけどさ」

「ええ、死ぬかと思いましたよ……」

夜闇に浮かび上がる、オレンジの照明に照らされた十六段の階段。目を閉じれば未《いま》だに鮮明に思い浮かぶし、心臓がひゅんと縮む。

「とりあえず、デッキをぶち折るだけで、怪我がなくてよかったよかった」

折れた断面をしげしげと見つめるパイナップル親父……もとい、スケボーショップ「トロピック」の店主・南原柑太《なんばらかんた》に、アパレルコーナーでTシャツを眺《なが》めていた智亜が「よくなーい！」と駆け寄った。

「ウィール交換したばっかりだったんだよっ？」

「知ってるよぉ。交換したの、俺だもん」

「人様に借りたものを壊《こわ》して返すなんてサイテー、大人なのに」

カウンターに頬杖《ほおづえ》をついて、智亜が丈太郎を睨んでくる。五時過ぎに渋谷のハチ公前で待ち合わせて以降、ずっとこの顔だ。

「だーかーら、何回も謝ってるだろ。修理代も弁償するんだから、勘弁してくれよ」

中学生相手に弁解しているのが恥ずかしくなってきて、店内を見回すふりをして、まだブツブツ言っている智亜をさり気なく無視する。

渋谷駅から山手線《やまのてせん》沿いに少し歩いたところにあるこの店は、名の知られたスケボーショップのようだった。平日の夕方なのに店内には何組も客がいて、壁に飾《かざ》られたカラフルなデザインのデッキや、天井《てんじょう》を埋《う》め尽《つ》くすように吊り下げられたシャツやパーカー、棚にぎっしり並んだスケボーシューズを前に談笑している。

「トモ、デッキどれがいい？　やっぱりまたエイジモデルにする？」

「もちろん！」

デッキの並ぶコーナーに向かう二人を尻目《しりめ》に、丈太郎は側に置かれたソファにどかりと腰を下ろす。

「さすがは金メダリスト様だ。エイジモデルなんてあるのね」

「エイジ君モデルのスケボーもあるし、エイジ君が作ったブランドのシャツもシューズもありますよ」

向かいのソファで「高校受験対策」と書かれた問題集と睨めっこしていた南原の息子・柚季《ゆずき》が、アパレルコーナーを指さす。今日は制服姿だ。着崩《きくず》しの「き」の字もない装いに、渋谷ストライプビルのストリートコンテストで見かけたドラゴンフルーツ少年の面影はない。ついでに話し方も父親とは似ていない。

「あいつ、十八で自分のアパレルブランド持ってるのかよ」

「ほら、あそこの〈ALL AGES《オールエイジズ》〉ってロゴが入ってるやつ。東京オリンピックのちょっと前にノリで作ったら、金メダル獲ったあとにバズって大変なことになったんです」

ロゴには見覚えがあった。エイジが着ているシャツや被っているキャップに、同じロゴが鼻高々にプリントされていた。よくよく見れば、今日の智亜が着ているTシャツにも、〈ALL AGES〉のロゴがある。

「〈ALL AGES〉ねえ……」

日本語にすれば「年齢無制限」か。だが、丈太郎にはあの生意気な金髪の金メダリストが「この世のすべては俺のもの」と高笑いしている画《え》しか浮かんでこない。

あれもいい、これもいいと散々迷った挙げ句、智亜は以前と同じような裏面がピンク色のデッキを選んだ。ストリートコンテストの夜に親子揃《そろ》ってタックルした詫《わ》びだと、南原はデッキ代を少しまけてくれた。

「おじさんってさあ、どうしていつも真っ黒な服なの」

トロピックをあとにし、修理代が安く済んだんだからなんちゃらフラペチーノを奢《おご》れと智亜に言われるがままスタバに入ったところで、そんなことを聞かれる（タピオカじゃなくていいのかと聞いたら「うわ、懐《なつ》かし」と切り捨てられた）。

「黒は俺の勝負服なんだよ」

「勝負も何も、仕事してなきゃただの不審者じゃん」

不審者だあ？　と自分の格好を見下ろしたら、智亜の注文に笑顔で頷《うなず》いた店員が「お父様は何になさいますか？」と聞いてきた。ニヤニヤとこちらを見る生意気な中坊を無視し、店員に負けないくらい笑顔で「僕《ぼか》ぁ、結構です」と返した。

「三十八歳と女子中学生が一緒に歩いてたら、そりゃあ親子だよな」

「親子じゃなきゃ事案だよ、事案」

智亜は智亜で、生クリームが盛り盛りになったレモン風味のフラペチーノを手にやっと機嫌《きげん》を直したらしい。丈太郎からしたら見るだけで胸焼けがするが、智亜は満面の笑みで店の看板を背景にフラペチーノを写真に収め、ストローで啜《すす》った。

　駅に向かって並んで歩く自分達は、すれ違う人々にはやはり親子に見られているのだろう。

「トモ、お前、この状況でお巡りさんに声をかけられたら『お父さんです』って言えよな」

「えー、『知らないおじさんでぇす』って言っちゃおうかなー。なんかぁ、写真撮らせたらお金くれるって言うんです、って」

「その軽々しい冗談で一人のおじさんがマジで社会的に死ぬからな」

　事実、身内でもない女子中学生を三十八歳の男が連れ歩いている時点で、傍《はた》から見たらこれはもうどうしようもなく〈事案発生中〉なのだ。

「おじさん、次はいつ来るの？」

　スクランブル交差点の中ほどで、再び智亜が聞いてくる。フラペチーノはもう半分以上なくなっていた。

「プーケットナイト前の階段にあいつはこだわってんだろ？　あそこ、ネオン看板の赤が映えていい感じだったから、また滑るって言うなら行くよ」

「文句ばっかり言う割に、意外とエイジ君の忠犬だよね、おじさん」

　いひっ、と音が聞こえそうな生意気な笑い方で、智亜がこちらを見上げる。

「別にあいつのためじゃない。撮ってなきゃ感覚が鈍る、それだけだ」

「撮れなくなったのは自分のグーパンチのせいじゃん」

「中学生が大人の痛いところを突《つ》くんじゃあないよ」

何が面白かったのか、ぷふっと噴《ふ》き出した智亜は「大人のくせに」と肩を揺らした。

「じゃ、また今度ね」

スクランブル交差点を渡りきったところで、智亜はほとんど空になったカップを掌《てのひら》の代わりに振った。スキップと駆け足のちょうど間、この世に怖いものなんて何もないという足取りで、宮益坂《みやますざか》の方へ歩いていく。

その背中をしっかり見送って、ハチ公前広場の方へ視線をやる。今日はそこで人と待ち合わせていた。

「……げっ」

約束までまだ十分あるというのに、彼女はそこにいた。皺なくカチッと伸ばされたマリン柄のサマーニットに西日が反射して眩《まぶ》しかった。

丈太郎から一ミリとて視線を外すことなく、信じられないスピードで歩み寄ってくる。

「三十八歳のアラフォー男がどう見ても中学生な女の子を連れて、平日の昼間から一体全体何をしてたのかしら？」

駅前の慌ただしい人通りなどものともせず最短距離で丈太郎の前に立ち塞《ふさ》がり、人目も憚《はばか》らず胸ぐらを摑《つか》んでくる。いえ、あの子は自称高校生でして……という言い訳が通用するはずもない。そもそも高校生だってダメだ。法律なんて関係なくダメだ。

「……はい」

「〈はい〉じゃなくて、何をしてたのかしらと聞いてるの」

一年前に離婚した元妻・麻倉冴恵《あさくらさえ》の目は据《す》わっていた。

「よかった……てっきり私はあんたがヤケでも起こしたのかと」

運ばれてきたばかりのビールジョッキを早々に空にして、冴恵は大袈裟な仕草で胸に手をやった。でも、声は本当に安堵《あんど》している。離婚したとはいえ好きで結婚したはずの二歳年下の男が、女子中学生相手にパパ活紛《まが》いのことをしていると本気で思ったというのか。

「仮にっ、仮にヤケを起こしたとしてもパパ活はしないです」

「中学生相手はパパ活じゃなくて児童買春だから。一発アウトだから。そんなことしようものなら、もう、二度と、金輪際《こんりんざい》、結衣《ゆい》とも会わせないから」

小学三年生の一人娘の名前を出され、丈太郎は口をつけかけた烏龍茶《ウーロンちゃ》のグラスを置いて店の天井を仰いだ。壁一面に張られた居酒屋メニューが、丈太郎を嘲笑《あざわら》うように見下ろしている。

「結衣は元気にしてるの」

「元気だよ。クラス替えで仲良しのお友達と離れちゃったから、苦労してるみたいだけど」

「クラスに友達がいないってこと？」

「いないわけじゃないけど。仲良しグループだったところに仲間に入れてもらった形だから、いろいろとさ、気を使うみたいよ」

離婚の際、結衣は冴恵が引き取った。苗字《みようじ》も与野から麻倉になった。冴恵は都内の出版社で週刊誌の編集者をしていて、離婚後も月に一度は結衣と面会できる約束だった。

面会できなくなったのは、丈太郎の自業自得だった。

丈太郎が暴力沙汰《ざた》を起こした陸上競技大会は全国中継されていて、「パパが映るかも」と結衣と冴恵はテレビの前で丈太郎を探していたという。

結衣はそのまま、自分の父親が人を殴《なぐ》る瞬間を見てしまった。冴恵曰《いわ》く「私も結衣もドン引きしてそのままテレビ消したわ」らしい。

以来、合わせる顔がなくて、かわいい一人娘と会えていない。

「結衣はいいの。私が忙しいときはうちのお母さんが面倒見てくれてるし、『お祖母《ばあ》ちゃん聞いてよー！』って学校の愚痴《ぐち》を言うくらいには元気だから。私は今、あんたの方が心配だよ」

胸元をずんと指さされ、丈太郎は仰《の》け反《ぞ》りそうになった。アルバイトらしき店員が二人の真ん中に問答無用で焼き鳥の盛り合わせを置いた。

「元妻のよしみでうちの雑誌の仕事を回したのに、一日で辞めたんだって？　篠田《しのだ》君が呆《あき》れてたよ。二十六歳の若者が、三十八歳のおじさんに、呆れてたよ」

今日顔を合わせることになったのも、丈太郎が本格的にプー太郎になりつつあるのを危惧《きぐ》した冴恵から招集がかかったからだった。

「元妻ならわかれよ。元旦那が芸能カメラマンに向いてないって！」

「元旦那がプー太郎の与太郎《よたろう》になるよりは、向いてないけど芸能カメラマンやってる方がマシだと思って。元旦那がプー太郎の与太郎になるよりは！」

「離婚して与野じゃなくなったからって元旦那の名前で遊ばないでくださいっ」

　プー太郎どころか、与太郎もおおいに当てはまってしまうから困る。

「まあ、与太郎でも元気そうだったからよかったよ」

　冴恵が焼き鳥の盛り合わせに手を伸ばし、問答無用で一本しかないつくねを頬張《ほおば》る。いちいち串《くし》から外して「半分こにしよ♪」なんて言わないのが元妻である。この微炭酸みたいな性格が好きだった。こうして言い合いになると、丈太郎が大概負けてしまうのだが。

「それで？　人がせっかく振った仕事を投げたと思ったら、女子中学生を平日の昼間から連れ回して、深夜にスケボー少年の動画を撮ってるの？」

　つくねのなくなった串で、冴恵がテーブルに置かれた丈太郎のカメラを指す。先ほど、言い訳がてら大和エイジの動画を見せたばかりだった。

「あいつらは、こういうのをフィルマーと呼ぶらしいぞ」

「で、あんたはそのフィルマーに再就職したわけ？」

「いや、ノーギャラだから、就職ではない」

　予想はしていたのだが、元妻の目が点になるのは見ていて楽しいものではない。

「え……ノーギャラなの？　じゃああんた、夜中に若者に交ざってカメラ回してるただのアラフォーのおじさんってこと？」

　そう言われたら、黙《だま》るしかない。

「丈太郎君、あなた、大丈夫？」

　最近はずっと「あんた」と呼ばれてばかりだったから、付き合っていた頃みたいに「丈太郎君」と呼ばれると、無意識に姿勢を正してしまう。

そんな丈太郎の頭を、冴恵が両手でぐわしと摑んでくる。

「うわ、なんか白髪《しらが》増えてない？　ここの生え際《ぎわ》、こんなに真っ白だったっけ？」

丈太郎の白髪をしげしげと眺め、「あんたもストレス溜め込んでんのね」と目を細める。

「とりあえず、法に反することはやってないので……」

丈太郎の頭を解放し、冴恵はカメラに手を伸ばす。画面に映るエイジの横顔を確認し、ふーんと鼻を鳴らした。

「大和エイジかぁ、東京オリンピックの頃に随分《ずいぶん》聞いた名前だ。うちも何回か特集面に記事を載せたもの」

冴恵が編集者をしている週刊誌は「週刊現実」といって、芸能人のゴシップをメインにときどき政治スキャンダルを追いかけ、刺激的な見出しで読者を誘惑する——実にわかりやすい、週刊誌らしい週刊誌だ。

「週刊現実に載ったってことは、当人にとって気持ちのいい記事とは限らないよな」

「大和エイジって養護施設にいたでしょう？　とにかく素性《すじょう》が謎だったから、学校のクラスメイトとかその親の証言を手当たり次第載せたんじゃなかったかな」

ほら、と冴恵がスマホを見せてくる。当時の記事のウェブ版だった。

「ああ、見たことあるわ、これ」

東京オリンピックでエイジが金メダルを獲る直前の記事だった。

三歳で渋谷の児童養護施設に預けられ、両親の行方《ゆくえ》はわからない。出身地も誕生日もわからない。預けられたときに本人が「ヤマトエイジ、三さい」と名乗ったから、施設のスタッフが「大和エイジ」と苗字に漢字を当て、施設に来た八月八日を誕生日とした。

スケートボードを始めたのは五歳のとき。夜な夜な施設を抜け出して、渋谷の街を滑って腕を磨《みが》いた。その素行の悪さのせいなのか、施設にいた同世代には養子縁組をして引き取られていく子も多かったのに、大和エイジはその手の話と無縁だった。

国内のスケートボード大会やコンテストで実績を積んで、その賞金を手に二〇二一年にアメリカで開催された世界大会に出場して優勝し、東京オリンピックの日本代表になった。

決して知名度の高いアスリートではなかった大和エイジだが、その後オリンピックで金メダルを獲る。

そんな大和エイジの素性が、「小学校の同級生」や「高校のクラスメイトの保護者」や「スケートボード関係者」の口から語られている。

「十代の金メダリストなんて、とにかく親が気になるじゃない。スケートボードは十代のメダリストがバンバン出たし、世間はいい意味でも悪い意味でも親の顔が見たい。養護施設出身となるとそれがないから、担当記者が結構苦労して情報を集めたんだよね」

冴恵にスマホを返す。彼女が嫌いな砂肝《すなぎも》の串に丈太郎はそっと手を伸ばした。

「ねえ、大和エイジ、どうしてパリオリンピックを捨てたの？」

「さあ、わからん」

かぶりつこうとした砂肝を、自分の取り皿に置く。

「聞いてないの？」

「一度聞きはしたけど、はぐらかされた」

「何か取れるんじゃない？」

冴恵がテーブルに頬杖をつく。表情はもう元妻ではなく週刊誌の編集者だった。ちょっと背筋が寒くなって、丈太郎は「何かって？」ととぼけて見せた。

「大和エイジがオリンピック連覇《れんぱ》を投げた理由、もしくはそれに匹敵するスキャンダル。東京オリンピックが終わったと思ったら表舞台から姿を消しちゃったんだもん、そうせざるをえない何かがあったのかも。金銭トラブルとか、女性問題とか」

「いや、金に女って……まだ十代だぞ？」

「十代っていっても金メダリストでしょう？　メダリストの周りでどれだけのお金と人が動くか、丈太郎君はよーく知ってるはずよね」

「俺はスキャンダルが撮りたいわけじゃない。スポーツを撮るためにカメラマンやってるの」

「仕事のないスポーツカメラマンの元旦那に、仕事を振ってやろうとしてるんじゃないの」

スマホを弄《いじ》っていた冴恵が、唐突《とうとつ》に「あっ」と声を上げて固まる。首を傾《かし》げる丈太郎に、再びスマホを見せてきた。

「噂《うわさ》をすれば大和エイジ、炎上してるよ」

「炎上だぁ？」

SNSに短い動画がアップされていた。

夜のスケボーパークで、赤いヘルメットを被った小学生くらいの女の子が俯《うつむ》いている。傍《かたわ》らにはスケートボードがある。

〈ALL AGES〉のロゴが入った白いTシャツを着た金髪――間違いなく大和エイジはその子を一瞥《いちべつ》し、撮影者に向かって「二度とここに来るな」と吐き捨てた。その人の存在すべてを軽蔑《けいべつ》するような、傲慢で尊大な口調だった。

〈一生懸命スケボーの練習をしてただけの娘に、突然やってきてコレ！　酷すぎるよ〉

投稿者は女の子の親なのだろうか、泣いている絵文字と共にそう記されていた。コメント、拡散、いいね。すべての数字がめまぐるしいスピードで増えていく。

〈東京オリンピックで金メダル獲った大和エイジじゃん〉

〈これ、渋谷のミヤモトスケボーパークだ〉

〈パリオリンピック出られないから子供相手に憂《う》さ晴らし〉

そんなコメントが書き込まれるのが、画面の端に見えた。

「あー、もう、言わんこっちゃない……」

「何言ってんの。チャンスでしょ」

頭を抱える丈太郎に反し、冴恵の声は弾《はず》んでいた。

「編集者として、プー太郎の丈太郎君に依頼します。この炎上の真相を探って、ネタを取ってきてください」

なんで十八歳が俺よりいいマシン使ってんだ。27インチの巨大なiMacのモニターの前で、丈太郎は溜め息を堪《こら》えた。処理が速い速い。丈太郎が自宅で使うPCとえらい違いだ。

何より、十八歳の大和エイジが暮らすマンションの一室は、離婚後に丈太郎が移り住んだ部屋の三倍は軽くあった。渋谷の中心からは離れているが、駅前の高層ビル群の明かりが窓からよく見える。

広々としたリビングに堂々と置かれたソファも、ステンレスの天板がぎらついて眩しいカウンターキッチンも、打ちっぱなしのコンクリートの天井からぶら下がった丸い照明も、きっとどれもこれも上等な品だろう。

PCデスクの横に置かれたシェルフには、スケートボードの大会で獲得したトロフィーやメダルが飾られて……いや、無造作に押し込められている。煌《きら》びやかなトロフィーの一つに古びた赤いキャップが引っかけられていて、あまりに哀《あわ》れな姿だった。

オリンピック金メダリストともなれば、エイジ個人をスポンサーとしてサポートしている企業もあるだろうが、十八歳には似合わない金銭的な豊かさが部屋中に漂っていた。

「やばっ、このエイジ君、ホントに格好いい」

モニターに大映しになったエイジの姿に、智亜がスマホ片手に駆け寄ってくる。

初めてエイジと会った夜、渋谷ヒカリテラスの階段から共に飛び降りた、あの映像だった。オレンジ色の街灯に照らされたエイジのバックサイド180キックフリップ。彼の巨大な影が背後の壁面で踊《おど》るのまで含め、我ながら映画のワンシーンのようだ。

前後の余計な部分をカットして（丈太郎が噴水に突っ込むところなんて、何もかも台無しにしている）、ほんの少し色味を調整して——たったそれだけの作業で、もう完璧だ。どこに公開したって恥ずかしくない。

「やばいよ、こんなの公開したらこの階段に名前ついちゃうよ、〈渋谷16〉って」

「なんだそれは。ＡＫＢの妹分のクラスメイトか何かか」

決してボケたつもりはなかったのだが、智亜は「うわ、つまんないボケ」と切り捨ててきた。道端《みちばた》で犬の糞《ふん》でも見たような顔だった。

「街中にあるなんでもない階段が、誰かが難易度の高いトリックを決めると名前がつくんだよ。今回は渋谷ヒカリテラスの十六段の階段だから、〈渋谷16〉より〈渋谷ヒカリテラス16〉の方がわかりやすいかなあ」

「たかが階段にそんな大袈裟な」

「わかってないなあ。いろんなスケーターがその〈たかが階段〉に注目するの。そのスポットには勝手に名前がついて、名物スポットになる。しかも、この渋谷ヒカリテラス16をメイクできるスケーターなんて、ほとんどいないよ。エイジ君しか滑れないエイジスポットだよ」

モニターの中で繰《く》り返し再生される〈渋谷ヒカリテラス16〉の映像に、エイジと一緒に飛び降りたときの記憶が蘇って、胃袋の下が強《こわ》ばった。

「名物スポットで難易度の高いトリックを決めると、そのスポットはそのスケーターの場所になるの。誰かがもっとすごいトリックを決めれば、その人の場所に上書きされる」

得意げに説明する智亜に、丈太郎は肩を竦めた。

「お前ら、発想が完全に野生動物なんだよ。縄張《なわば》り争いでもしてんのか」

デリバリーピザの箱を手にしたエイジが、「おじさん、やっぱりわかってないなあ」とリビングにやって来る。

「争ってるんじゃなくて、遊んでるんだよ、超真剣に。楽しんでこそスケートボードだろ」

「ほーら、届いたぞ。トモの好きなやつ」と差し出されたLサイズのピザに、智亜が「やったー！」と飛びついた。

「おじさんって、〈遊ぶ〉ってことを〈真剣にやらないこと〉だと思ってるでしょう？　スポーツ好きな人ってみんなそうだよね」

チーズがドロドロに溶けたピザを頬張る智亜を横目に、エイジが問いかけてくる。答えなくて聞かなくてもわかってるという、生意気な顔で。

「ちなみに、スポットのレベルは階段《ステア》の段数みたいな物理的な難易度だけじゃなくて、人通りの多さとか、セキュリティの厳しさとかも加味されるよ」

「なんだそれ」

「すぐに警備員が飛んでくるような場所で、人に迷惑をかけずササッと神業《かみわざ》を決めてササッと去るスケーターが最強ってこと」

「そういうところだよ、お前らの生態のよくわからんところ。真面目に練習するならまだしも、ササッと逃げるだとかセキュリティのレベルがどうだとか」

「出た、おじさんの大好きな〈練習〉！」

何がそんなに面白かったのか、エイジは肩を揺らして笑った。「おじさんも食べていいよ」とエイジがピザを差し出すので、サラミとチーズがこれでもかとのったピザの中から、サラミもチーズもできるだけ少ない部分を選んだ。

「次のパートのメインかもね、この〈渋谷ヒカリテラス16〉は」

一際《ひときわ》具材がたっぷりとのったピザにかぶりつきながら、エイジはモニターに映る自分から視線を外さない。

ほとんど生地とソースばかりのピザを囓《かじ》りながら、丈太郎はPCのマウスに手を伸ばした。被写体が生意気なのはさておき、映像自体は間違いなく〈格好いい〉のが腹立たしい。

「お前達の名刺代わりだっけか、そのパートってのは」

「そうだよ。一年くらいかけていろんなトリックを撮って、一本のビデオにするんだ。来年の夏くらいに完成したらいいね、おじさんが撮ったパート」

こちらを煽《あお》り立てるように丈太郎の顔を覗《のぞ》き込んできたエイジに、丈太郎はケッとそっぽを向いた。

丈太郎の反応など意に介さず、エイジは「トモ、もう一枚食べるかー？」とピザの箱を手に機嫌よくソファに腰掛ける。床に寝転がった智亜が自分の家かのようなくつろぎ具合でスマホ片手に動画を見ている。「これがモチキンの智ちゃんだよ」とさっき動画を見せられたが、丈太郎はすでに彼女の顔を忘れている。

美味《うま》そうにピザを咀嚼《そしゃく》するエイジは今、ＳＮＳ上で大炎上しているのだが、この部屋には全くその気配がない。

「お前の目下の活動は、一年かけてパートを撮るってことなのか」

炎上のこと、パリオリンピックのこと。いろいろと聞きたいことはあるのにストレートに問いかけることができず、気持ち悪いほどぼんやりとした質問になった。

「そうだね」

「パートってのは要するに、スケーターにとっての作品集ってことだろ。お前の昔のパートも動画サイトを検索したら何本も出てきた。それを作って、ＳＮＳや動画サイトにアップして、みんなに見せて、それで終わりなのか」

それは、オリンピックより大事なことなのか。

あえて言葉にしなかったが、エイジにはしっかり伝わったらしい。一瞬だけ、猫のような生意気な鋭い瞳《ひとみ》の奥がぎろりと光ったから。

オリンピックよりパートとやらが大事なんて、丈太郎には一生かかっても理解できそうになかった。

「〈それで終わり〉って馬鹿《ばか》にしてくれるけどさ、俺達はそうやってすごいスケーターのトリックを見て、格好よさに惹《ひ》かれて、自分もそんなふうになりたいってスケボー片手に街に出るわけ。滑って滑って、自分のテクニックと、自分が格好いいと信じるものを詰め込んだパートを作る。学校の部活とは違うけど、スケボーで緩く繋《つな》がる仲間が世界中にいるんだよ」

「それで警備員に追いかけ回されるんだろ」

「その通り」

平然と頷いたエイジが、新しいピザを頬張る。にょーんとチーズを伸ばして、伸ばして、細長く糸を引きながら切れたチーズの何が面白いのか、ケラケラと笑った。

「大体、なんでお前には今フィルマーがいないんだ」

動画サイトにアップされていたエイジのパートは、二〇二一年——東京オリンピックの直前のものが最後だった。つまりその頃には、丈太郎ではないフィルマーがいたということだ。

「大変なんだよ、金メダリストのフィルマーってね」

ふふっと笑って、エイジは「おじさんに務まるかな？」と丈太郎を煽ってきた。またはぐらかしやがってと、丈太郎は鼻を鳴らしてｉＭａｃに向き直った。

そのとき、デスクに置いていたスマホが震えた。確認すると、表参道《おもてさんどう》をゴシップを求めて一緒に徘徊《はいかい》した篠田からメッセージが届いていた。

「トモ、明日から定期テストだろ」

スマホを見つめる丈太郎の背後で、ピザを完食したエイジがそんなことを言い出した。時刻は夜の七時を過ぎていた。

「送っていってやるから、今日は早く帰るぞ」

ピザの耳を囓っていた智亜が、渋々という顔で「はあい」と立ち上がった。

「連立方程式って何なの？　おじさん、おじさんになるまで生きてて連立方程式って使ったことある？」

夜の住宅街を修理が終わったばかりのスケートボードですいすい進みながら、智亜が不満そうに聞いてくる。スケボーでぎこちなく地面を蹴りながら、丈太郎は苦笑した。

「使う機会はあんまりないだろうが、連立方程式ができる程度の学力がないとできないことが社会にはいろいろあるってことだ。学校の勉強はそういうものだ」

大人らしい、いいことを言った。直後、ふと気づく。

「待て、連立方程式って中学の単元だよな？　やっぱり中学生じゃねえか」

「知らなーい」

ピンクのエクステが編み込まれた髪を揺らして、智亜が軽やかに加速する。前を行くエイジに追いついて、今度は「〈be going to〉と〈will〉の違いって何？」なんて言っている。

「いや、やっぱり中学生じゃねえか」

大体、お前らは兄妹じゃないなら一体全体どんな関係なんだよ——言いかけて、言葉を呑《の》み込んだ。

当然という顔でエイジと智亜が立ち止まったのは、無機質なコンクリート製の門扉《もんぴ》の前だった。住宅街に響いていたウィールの音が自然と消え、丈太郎は躓《つまず》くようにスケボーを下りた。

門扉には「児童養護施設 金木犀寮《きんもくせいりょう》」と看板が掲げてあった。

「ちゃんとテスト受けろよ」

鍵のかかった門扉を飛び越えながら、智亜が「わかってるよぉ」と返事をする。

「おじさんも、またね」

手を振られたが、丈太郎は看板に視線をやったまま「おう」としか返せなかった。

施設は合宿所のような見た目だった。玄関にスタッフが一人待ち構えていて、智亜を出迎えるとこちらに手を振った。親や祖父母にそうするような顔で、エイジが手を振り返す。

この生意気な青年は、親の顔を知らないいんだった。エイジの横顔を見つめながら、今更ながら気づいた。

「うわ、詳細を聞きたーいって目だ」

丈太郎の顔を下から覗き込んだエイジが、笑いながらスケボーを滑らせた。一拍、いや三拍遅れて、丈太郎は彼に続いた。

アスファルトを擦るウィールの音が二人分、住宅街に響く。

「あの児童養護施設、お前がいたところか」

「そう。トモが来たのは小五のときだから、三年前か。東京オリンピックの少し前だ」

「やっぱり中学生じゃねえかよ」

苦し紛《まぎ》れに返した声は擦《かす》れてしまった。

「あの子はどうして施設に来たんだ」

「親が離婚して、トモを引き取ったお母さんもどっかに行っちゃったからだったかな」

そうか、と相槌《あいづち》を打つ代わりに、地面を蹴る。スケボーに乗った自分の体は加速し、不思議と口が軽くなる。

「その話、俺にしていいのか」

「おじさんが一緒に来るのをトモが嫌がらなかったから、いいんじゃないかな」

トモを送るとエイジが言い出したとき、丈太郎はそのまま帰宅するつもりで彼の家を出た。マンションの階段を下りながら、智亜は「ねえおじさん、学校の成績よかった？」と話しかけてきた。まるで一緒に来るのが当然だろうという顔で。

それでも、来てよかったのだろうか。黙りこくった丈太郎を、エイジは振り返らない。

「そんな子、あそこにはいっぱいいるよ。トモは親の顔もわかるし、誕生日も自分の名前もわかってるし、まだマシな方じゃない？」

「それは自分のことを言ってんのか」

「施設に捨てるならさ、せめてフルネームを書いた名札でもつけとけって話だよね。俺は自分の名前が漢字でどう書くのかもわかんないんだから。俺の親、頭悪かったんだろうなあ」

夜風と同じくらい生温かく湿った肌触りが、彼の言葉からした。週刊誌の記者が手に入れたくても手に入れられなかった、大和エイジの本音《ほんね》なのかもしれない。

金髪がふらりと揺れ、エイジが丈太郎に視線を寄こす。直後、目を丸くされた。

「なんでおじさんがそんな顔するの」

咄嗟《とっさ》に返事ができなかった。今、俺はどんな顔をしていたのか。エイジに同情している顔か。それとも見ず知らずのエイジの親に対する何らかの感情が顔に出ていたのか。

「え、まさか……おじさん、もしかして子供いるの？」

「〈まさか〉って何だよ。いるよ、小三の娘が。去年離婚したから一緒に住んでないけど」

「おじさんって人の親だったのっ？　すごいね！」

肩を揺らし、左右に大きく蛇行《だこう》しながらエイジは笑った。デッキの上で器用にバランスを取りながら、丈太郎を指さして笑い続ける。

「ねえ、聞いてもいい？」

丈太郎を見つめたまま、エイジは唐突にその笑みを引っ込める。

潮が引くような鮮《あざ》やかな変化に、少しだけ背筋が寒くなった。七月を目前に控えた東京の夜は、こんなに蒸し暑いのに。

「おじさん、どうして離婚したの。子供と離れて暮らすの、嫌じゃないの？」

さらりと答えようとしたのに、言葉が続かない。

離婚の理由なんて、同世代の友人も仕事仲間も明け透けには聞いてこない。酒を飲みながら「いろいろあるよな」で大体済んでしまう。

どうして離婚したのかなんて、誰にもきちんと説明していないかもしれない。

「え、黙るってことは、おじさんが浮気でもしたの？　不倫《ふりん》？　不倫したの？」

「違うわっ。俺が仕事大好き人間すぎて、妻は妻で仕事大好き人間で、義理のお母さんが娘の世話はばっちりやってくれてたんだけど、そのせいで完全に夫婦生活がすれ違い……」

言いながら、思わず頭を抱えてしまう。

「すれ違い、だな」

「そんな売れっ子芸能人夫婦の離婚理由みたいな……」

「離婚なんてな、芸能人も一般人も似たようなもんなんだよ。日々のすれ違いが決定的な決別を生むんだよ」

丈太郎はカメラ片手に日本中を飛び回り、冴恵は冴恵で編集部に泊まり込むことも厭《いと》わない。夫婦でじっくり話し合うのは何かトラブルがあったときだけ。何気ない日常のコミュニケーションがとことん希薄だった。

付き合っていた頃や新婚時代、結衣がまだ小さかった頃は、互いに時間を作ろうと努力した。夫婦であることが当たり前になって、結衣が小学校に上がって手がかからなくなったら、その努力を怠《おこた》った。

――このまま夫婦をやってたら、取り返しがつかないくらいあんたを嫌いになるわ。

冴恵にそうやって三行半《みくだりはん》を突きつけられたのが、一年前だ。

「そういうもん？」

「そういうもんだったんだよ。娘と月に一回会うのが唯一の楽しみだったのに、暴力騒動のせいでそれすら自粛中《じしゆくちゆう》だ」

自分から聞いてきたくせに、エイジは「ふーん」と鼻を鳴らすだけだ。ウィールの走行音すら、素っ気なく冷たい。

「離婚したのに、娘のことはまだ好きなんだ」

「当たり前だ。離婚はしたが、俺と妻の子だ。何があったって俺の娘だ」

真剣に話しているというのに、エイジはどこか鼻白《はなじろ》んだ様子だった。両腕を組んで首を傾げて、つまらなそうに虚空《こくう》に視線をやっている。

「人の離婚話を校長先生の話みたいに聞きやがって」

「物心ついたときから親がいないとさあ、正直ピンと来ないんだよね。親ってそんなに子供が大事なもんなんだ」

ふふっと――明らかに丈太郎を小馬鹿にしてエイジは笑う。軽快に夜道を滑る彼の背中を凝視《ぎょうし》していたら、先ほど篠田から届いたメッセージの内容が、ふと降ってきた。

〈与野さん、麻倉さんから聞いたんですけど、絶賛炎上中の大和エイジと接触してるって本当ですか？〉

ラーメン屋で丈太郎を叱《しか》り飛ばしたときとは雰囲気が違う、真剣さと興奮がひしひしと伝わってきた。これが芸能カメラマンか。

〈チャンスじゃないですか。当人が炎上をどう思ってるのか、やっちまったと思ってるのか正当化してるのか、どっちだって記事になりますよ。PV《ページビュー》数稼《かせ》げますよ。やりましょうよ。ていうか与野さんがやらないなら俺がやっていいですか。今夜空いてます？〉

すぐにでも駆けつけてやると言いたげな文面を思い出し、前を行くエイジを見つめる。

スケボーパークで子供に暴言を吐いたオリンピック金メダリストは何を語る――そんな見出しが脳裏《のうり》をよぎる。ネタを取ってこいと言った冴恵の満足げな顔も一緒に浮かんだ。

「なんで子供相手に暴言なんて吐いたんだ」

薄暗い洞窟《どうくつ》を覗き込むように、慎重に問いかける。

エイジはスピードを緩めない。一定のリズムで淡々と地面を蹴り、車道を進んでいく。

「あー、あの動画のこと?」

「随分燃えてんだろ、三万リポストくらいされてた」

「みたいだね」

なんてことないふうに言うものだから、こちらの口調が自然と強ばってしまう。

「スケボーパークで楽しく滑ってるところを、親共々『二度と来るな』って言われるのは可哀《かわい》想《そう》だろ」

智亜のことを「まだマシ」と、自分の親を「頭悪かった」と言ったエイジの背中を思い出す。どれだけ生意気な口を利《き》こうと、そこには手の施《ほどこ》しようのない鬱屈《うっくつ》が溜まっているのかもしれない。

それでも。

「何気ない一言で、人の人生ってガラッと変わるからな。お前の暴言一つで、あの子は一生スケボーをやらないかもしれないぞ」

「そうかもね」

「そうかもね、って。わかってんならお前は――」

路地に乾いた音が響き、エイジはスケボーを蹴り上げるようにして立ち止まった。

「おじさんに何がわかるのさ。俺がやってることを不真面目なお遊びだと思ってるおじさんに。スポーツがどうだ、オリンピックがどうだって頭カチコチのおじさんにさ」

エイジは声を荒《あら》らげなかった。だが、血統書つきの高貴な猫みたいな目の奥が、不信感と軽蔑で光った。

「子供ってのがどれだけ繊細《せんさい》な生き物かはわかってるつもりだよ。これでも人の親だから」

「そんなんだから離婚されるんだよ」

ガムでも吐き捨てるように言って、エイジはスケボーを担《かつ》ぎ上げた。通行人の多い通りに出たから、大人しく歩くつもりらしい。

おい、俺は「離婚された」なんて言ってねえだろ。喉《のど》まで出かかったが、「顔見りゃわかるよ」なんて言われたら立ち直れないからやめた。左肩にカメラバッグ、右手にスケボーを抱え、エイジの後ろを黙ってついていった。

エイジが再び口を開いたのは、六本木《ろっぽんぎ》通りをだいぶ歩いてからだった。渋谷駅が近づき、彼と初めて会った渋谷ストライプビルが近づいてきた頃。

「おじさんの子供、習い事ってしてる？」

すぐ側に大手学習塾の入ったビルがあった。授業の終わる時間帯なのか、塾のロゴ入りの青いリュックを背負った小学生がわらわらと出てきた。

それを、エイジはポケットに手を突っ込んで無言で眺めている。

「五歳からずっとスイミングクラブに行ってるな」

「へえ、強いの？」

「強くはないけど、水泳は全身運動だし、学年が上がって他のスポーツに興味を持ったときも役に立つかなと思って俺が勧めたんだ」

「なるほど、おじさんらしいね」

俺らしさを語るほど、お前は俺の何を知ってんだよ。言いかけたとき、トラックが一台、丈太郎達の横を走り抜けていった。

――おじさんに何がわかるのさ。

先ほどのエイジの言葉が、トラックの振動と一緒に丈太郎の耳の奥で踊る。

エイジの声に導かれるようにして、小さな閃《ひらめ》きが一つ、眉間のあたりで弾《はじ》けた。

「おじさん？」

立ちすくんだ丈太郎を、エイジが振り返る。喉まで声が出かかって、慌てて呑み込んだ。

「悪い、先に行く」

スケボーを抱えて、走った。エイジは「え？」と目を見開いたが、それ以上何も言わない。

肩から下げたカメラバッグが大きく揺れた。

目的地は、渋谷駅前を抜けて明治《めいじ》通りを行った先にあった。かつて宮本《みやもと》公園という空中公園だった場所だ。一階部分は駐車場、二階部分は緑地やフットサルコートだった記憶がある。

そんな古びた公園は、ガラス張りの小綺麗な商業施設になっていた。一階と二階がショッピングモールで、小洒落《こじゃれ》た飲み屋街とハイブランドのショップが集まる区画に分かれていた。

それらを横目に、丈太郎は屋上に上がった。立派な公園が広がり、一部はミヤモトパークというスケボーパークになっていた。

夜八時近いというのに、パークには大勢のスケーターの姿がある。特に親子連れ……スケボーをする子供と、それを見守る保護者の姿が目立つ。

コンクリート製の湾曲《わんきょく》した滑走面《かっそうめん》に、縁石、レール。スケボーを楽しむために人工的に作られたセクションがあちこちにある。ライトが煌々《こうこう》と灯る中、ヘルメットを被ってサポーターをつけた子供達が丈太郎の前を滑り抜けていく。

真夜中の渋谷で、警備員や警察を警戒しながら滑るエイジ達の姿とは大違いだった。

赤いヘルメットを被った女の子が縁石でトリックを決めようとして、失敗して、転ぶ。転倒して膝をさすったその子に、親が声をかける。

「……今日はついてるみたいだな」

目の前の光景に感謝し、丈太郎はパーク内を見物しながら、カメラをバッグから引っ張り出して構えた。久々に動画ではなくスチール写真を撮った。

一枚、二枚、画角を変えて三枚。パークの利用者に怪しまれないよう、場所を変えながら……と思ったのに、四枚目のシャッターを切ったとき、肩を叩《たた》かれた。

「あんた、ジャンプ台の人だろ」

スケボー少年達の親かと思いきや、エイジと同い年くらいの青年三人だった。

「ジャンプ台って……」

「エイジ君にジャンプ台にされてたおじさん」

彼らには見覚えがあった。渋谷ストライプビルのストリートコンテストで滑っていたスケーター達だ。どうやら、彼らはストリートだけでなくパークでも滑るらしい。

「やっぱり。あんた、あのときからエイジ君のこと嗅《か》ぎ回ってたんだろ。コンテストにいきなり乱入してきたときから、変だと思ってたんだ」

ニット帽を目深《まぶか》に被った男が丈太郎のカメラを顎《あご》でしゃくる。

「あんたみたいな奴、今日だけで何人も見たよ。手当たり次第親子連れに声かけて、エイジ君の悪い噂を仕入れようとしてた」

大和エイジがこのパークで傍若無人《ぼうじゃくぶじん》な振る舞いをしてた。うちの子もこんな酷いことを言われたことがある。子供が安全に楽しく滑れないなんて嫌ですね～。金メダリストなんだから、子供の手本になるような振る舞いをしてほしいです……そんなコメントを集めて記事に仕立て上げるのだろう。

「なるほどなあ……」

呑気《のんき》に呟《つぶや》いた丈太郎が気に障《さわ》ったのか、ニット帽が眉間に皺を寄せる。まあ待て待てとカメラごと両手を挙げたところで、パイナップルみたいな服を着た、パイナップルのヘタみたいな緑色の髪をした中年男性が割って入ってきた。

「うわあ、なになになに。喧嘩《けんか》？　喧嘩してるの？　喧嘩はよくないよぉ？」

スケボーショップ「トロピック」の店主・南原は、さり気なく丈太郎をニット帽から引き離した。切羽《せっぱ》詰まっているのに、相変わらず話し方はのんびりしている。

スケートボードを抱えた息子の柚季がニット帽に「糸井《いとい》君、どうしたの？」と問いかける。

「与野さんは、エイジ君のフィルマーだよ、一応」

柚季が丈太郎を指さす。エイジと智亜に「おじさん」と散々呼ばれたせいか、咄嗟に「与野さんじゃねえ、おじさんだ！」と返しそうになった。

「はっ？　フィルマー？　このおじさんが？　エイジ君の？」

ニット帽だけでなく、一緒にいた他の二人まで声を揃えて丈太郎を指さす。

「エイジ君、今いくらフィルマーがいないからって、何もこんな……まっくろくろすけみたいなおじさんに頼まなくても」

「まっくろくろすけで悪かったな」

両腕を組んで、丈太郎はフンと鼻を鳴らした。

「与野さぁん、どうしてわざわざパークで写真なんて撮ってるの？」

渋々という様子で謝って去っていく三人組を見送り、南原が呆れ顔で聞いてくる。彼はそのまま「もしかして、エイジの動画の件？」と声を潜《ひそ》めた。

「ええ、ちょっと確かめたいことがあって」

パークの縁石の方から、また誰かが転ぶ音がした。丈太郎はそちらに視線をやった。南原が小さく溜め息をつき、腰に両手をやる。

転んだのは先ほどと同じ、赤いヘルメットを被った小学生の女の子だった。どうやら、難しいトリックにチャレンジしているらしい。さっきから何度も同じ動きを繰り返している。

「小学三年生くらいかな、うちの娘と同じくらいだ」

無意識に声に出した丈太郎に、南原はゆっくり頷く。

「あの子だよねえ、例の炎上動画でエイジに暴言を吐かれてたの」

「正確には、暴言を吐かれたのは動画を撮ってた親の方ですけどね」

女の子はサポーターの上から膝をさすり、側に転がったスケートボードに手を伸ばす。

離れたところにいた母親らしき女性が、その子に声をかける。

「ほら、あんたはまたそうやって大袈裟に痛がって！」

口元に両手をやって、自分の子供を叱り飛ばした。女の子は何も言わず膝から手を離した。

「そうやってグズグズしてても上手くならないからね？　マイちゃん達にどんどん置いてかれても、ママ、知らないからね？　ミサが自分でやりたいって言って始めたんでしょ？」

母親の声はどんどん大きくなり、側にいたスケーター達が足を止めて振り返る。だが、すぐにまた何事もなく滑り出す。

ああ、これか。これなのか。再び滑り出す女の子の背中を、丈太郎は見つめた。

「ああいうのって、スケボーパークだとよくあるんですか？」

丈太郎の問いに、南原は「いやあ……」と顔を顰《しか》めた。側にいた柚季まで、父親とそっくり同じ顔で同じことを言う。

「東京オリンピックのあとからだよね。十代のメダリストが出たからさぁ、子供にスケボーを習わせる親が増えたんだよ。スケボー教室も次々できて、小学生に人気の習い事ランキングだかでスケボーが上位にランクインしたし」

赤いヘルメットの女の子が目の前を滑っていく。丈太郎も南原も、その子を目で追った。

「うちはスケボーショップだし、スケボーそのものが人気になるのは嬉しいけど、親や先生に叱られながらやるもんじゃないよなって思うから、ああいうのは見ててとても複雑」

また、女の子が転ぶ。側に転がってきたスケボーを、柚季が駆け寄って拾ってやった。母親は柚季に向かって一礼したが、すぐに「ほーらー、諦《あきら》めないの！　すぐ諦めちゃう子はダメな子だよ！」と声を張る。

「あの子ね、この前、ああやって頑張ってるうちに泣いちゃったんだよ」

戻ってきた柚季が、そう言って肩を落とす。

「この前、って」

「あの動画が撮られちゃったとき。エイジ君が来るなっていうから、俺は離れたところで見てただけだけど。さすがにあれは可哀想だったよ。あの子、結構上手いのに、基本のトリックができてもお母さんが全然褒《ほ》めないの。難しいトリックばっかり練習させられてさ。ちょっと見てられないっていうか」

ああ、だから〈二度と来るな〉なのか。女の子にではなく、親に対しての〈二度と来るな〉なのか。吐息《といき》と笑い声が、奇妙なバランスで混ざり合った。

——遊んでるんだよ、超真剣に。楽しんでこそスケートボードだろ。

ピザの箱片手に、エイジがそう言ったのを思い出す。

「なるほど、よくわかりました」

南原は「そう、それはよかったよかった」と南国フルーツみたいな笑い方をした。丈太郎は離れたところで滑っているニット帽達に視線をやった。

「彼らも、エイジの真意に気づいてたからあんなに怒ってたわけですね」

「渋谷界隈《かいわい》のスケーターなら、みんな察してるからねえ。エイジがそういう子じゃないってことも、よーく知ってる」

南原親子に礼を言い、丈太郎はパークを出た。赤いヘルメットの子以外にも、親に「頑張りなさい」と応援されながら、中には「なんで頑張れないの」と叱責《しっせき》されながら滑る子供の姿があった。少年野球チーム、体操クラブ、水泳教室……スポーツに励む子供を撮りに行けば、必ず見る光景だ。丈太郎にとっては見慣れたものだ。

ああやって練習を積み重ねて、ときどき苦しい思いや痛い思いをしながら、歯を食いしばりながら、上手くなっていく。だからこそいい成績を残せたときの喜びが大きくなる。スポーツとはそういうものだ。

夜の明治通りは人通りも多く、さすがにスケボーで滑ることはできなかった。自分の足で歩く。前に進む。ただそれだけのことなのに、スケボーの緩やかなスピードと、頬にささやかな風を受ける感覚を思い出すと、もどかしい。

はてさて、俺と別れたあとにエイジはどこに行ったのか。連絡を取ればいい話なのだが、スマホに手を伸ばす気にはなれなかった。

どうしてだか、大和エイジはあそこにいるに違いないという確信があった。


オルガン坂を抜けた先、無国籍通りから一本路地を入った、タイ料理店「プーケットナイト」前の階段にエイジはいた。

いつかと同じように車止めに腰掛け、なんてことない階段を眺めていた。多くの人が周囲を行き交う中、世界中に一人きりみたいな顔で、階段の手すりから視線を外さない。

「さすがに人が多すぎるな」

丈太郎が話しかけると、エイジはちらりとこちらを確認し、すぐに視線を戻す。頭の中で、ここで華麗《かれい》にメイクする自分の姿を思い描いているのかもしれない。

そんなエイジに、丈太郎は静かに頭を下げた。

「悪かった」

視界の端で、エイジの履いた赤いスニーカーがぴくりと動く。

「え、なに、いきなり」

「確かに、わかってないのは俺の方だったみたいだ」

もう一度「悪かった」と頭を下げたら、エイジが静かに身を引いたのがわかった。

「めちゃくちゃ頭下げるじゃん、怖っ」

「おじさんだから、間違ったらちゃんと謝るんだよ。生意気な子供が相手でもな」

エイジは何か言いかけたようだったが、すぐに唇《くちびる》を引き結ぶ。「ふーん、そういうものなんだ」と掠れ声で呟いた。

「そういうものだよ」

首から下げっぱなしだったカメラのファインダーを覗き込みながら、丈太郎はエイジの隣の車止めに腰を下ろした。

エイジにレンズを向ける。シャッターを切ると、彼は鬱陶《うっとう》しそうに「なに？」とこちらを見た。

「お前が暴言を吐いたのは、子供に無理矢理スケボーをやらせる親の方だったんだな」

エイジは答えない。車止めに仲良く並んで腰掛ける自分達を、道行く人が気に留めることもない。この中の一人か二人は大和エイジの炎上騒動を知っているだろうか。当人がすぐ側にいることに気づいているだろうか。

「俺もいろんなスポーツを撮ってきたけど、十代で世界チャンピオンが出るような競技は、どうしたって親がムキになるんだよな。子供が自発的にやりたいと言い出す前の親の導きってやつが大事になって、『この子の将来のために』って熱が入る」

膝に頬杖をついたら、自然と溜め息が出た。自分で言って、自分で辟易《へきえき》してしまった。

俺だって、結衣に水泳を勧めた。本人がやりたがっているわけではなかったけれど、習っておいた方が将来役立つと考えて、勧めた。スケボーパークで娘を叱咤《しった》していたあの母親の気持ちも、わからんでもない。

「子供に泣きながらスケボーやらすなんて、親はどういう気分なんだろうね」

俺は親がいないからわかんないや、とでも言いたげな、投げやりな顔をエイジはしていた。

丈太郎はそんな彼を撮った。映像ではなく、写真で。エイジはもう驚かなかった。馬鹿な飼い主に好きなだけ撫《な》でさせてやろうと決心した猫みたいだった。

「別に、あの母親も子供が憎《にく》いわけじゃなくて、体が丈夫になってほしいとか、根性のある子になってほしいとか、子供の将来を思ってやってるはずだ。やりすぎてるだけで」

でも。

「厳しさの中にいないと何も成し遂げられない人間も、確かにいる。誰も彼もが若いうちから自分を律して努力できる奴ばかりじゃないし、楽しむだけじゃ上手くなれないことも多い」

「おじさんが大好きなスポーツって、そういうもの？」

「好きではあるが、何もかも肯定したいわけでもない。厳しさなんて、上手くなるための栄養みたいなもんだ。人によって必要な量が違うし、摂《と》りすぎたら何だって体によくない」

俺は今、上手いこと言ったんだろうか。わからない。上手いことを言えるおじさんだと胸を張れるほど、いい具合の年の重ね方をしていない。

「とりあえず、パークで赤いヘルメットの子と母親を見てるのは、不愉快《ふゆかい》だった。あの子はきっと、あのままスケボーを嫌いになる」

「もうなってるかもね」

音もなく、エイジの肩が上下する。体の中から憤《いきどお》りを絞《しぼ》り出すような、深い溜め息だった。

「あのスケボーパーク、東京オリンピックのために作られたって知ってる？」

「もちろん。もとは公園だったところを、オリンピックに合わせて整備したんだろ？」

公園に住み着いていたホームレスを強制排除したと、数年前にニュースになっていた。

「その公園、夜はスケーターの溜まり場だった。別に普通の公園なんだけど、何故《なぜ》かスケーターが集まってて、縁石とか階段の手すりとかベンチとかでメイクしてた」

「お前もそのうちの一人か」

まあね、と呟くエイジの声が少しだけ鼻にかかっていて、懐かしさが滲んで聞こえる。

「随分昔だけど、金木犀寮を抜け出してふらっと行ったのがあそこにあった宮本公園で、そこで滑ってたスケーターが仲間に入れてくれた。おさがりのスケボーをもらって、公園の端で超簡単なオーリーを何回も練習してた」

あ、オーリーってこれね、とエイジが掌をデッキに見立ててぴょんぴょんと上下させる。

「デッキと一緒にジャンプするやつ」と説明する彼に、無言で頷いて続きを促した。

「俺が初めてオーリーできた瞬間、側にいたスケーターがみんな拍手してくれた。スケボーで地面をカンカン叩いて褒めてくれた。よくやった、次はデッキの先端《ノーズ》でオーリーするノーリーをやってみろって。もっと難しいトリックをやってるスケーターばかりなのに、初心者の子供を誰も馬鹿にしなかった」

懐かしそうに目を細めたエイジに、丈太郎はシャッターを切る。乾いた土に雨水が染み込むような、いい笑顔を彼はしていた。

そういうのが、俺は好きだった。言葉にしなくても、横顔がそう言っている。

「そこをぶっ潰して作ったのが、あのお綺麗な商業ビルとスケボーパークなわけか」

「お金を払わないと滑れない、お綺麗なスケボーパークね」

そう、綺麗なパークだった。スケボーを楽しむためのパーク。通行人の邪魔になることもないし、警備員が飛んでくることもない。

「スケボーがオリンピック種目になった途端、スケボーなんて不良の遊びだって白い目で見てた連中がわらわらやって来て、昔から応援してましたって顔で大会のスポンサーをやるようになった。でも、連中が求めてるのって、パークでヘルメット被って滑ってる品行方正な若者だけなんだよ」

「だろうよ。街で夜な夜な警備員に追いかけられながら滑ってるスケーターは、偉い人達にとっては邪魔だろうな。頼むから引っ込んでてくれって思ってるに違いないよ」

もしかしたら、多くの一般人にとってもそうなのかもしれない。

「そう、スケートボードはストリートから生まれたスポーツなのに、街では邪魔者なわけ」

エイジが前髪に手をやった。側のダイニングバーの看板の光が反射して、金髪は淡いピンク色を帯びる。

「東京オリンピックのすぐあとに、俺のスポンサーになってくれるって食品メーカーの偉い人が来たんだけど、ネットに上がってた俺のパートを見て、サポート費を出す代わりに、もうストリートでは滑るなって言ってきた。パートも全部消してくれって」

「企業名を背負うアスリートとして印象が悪いから？」

「そういうこと。腹が立って全部蹴ってやったけどね」

「え、じゃあお前、まさか今スポンサーついてないの？　どうやって生活してんだよ」

「東京オリンピックの頃のテレビとかCMとかイベントとかでめちゃくちゃ稼いだんだよね。あと、〈ALL AGES〉がなんだかんだで売れてるから。スポンサーなんていたら今回の炎上騒動で面倒なことになってただろうから、ちょうどよかったよ」

ははっとエイジが笑う。さっきの笑顔とはまるで違う。目に見えぬ誰かを心の底から軽蔑する、薄ら寒い笑い方だった。

「高校を卒業した日にさ、金髪にしたんだよね。そしたら、イベントで会った東京オリンピックの組織委員会だか何だかの偉い人が『黒髪に戻した方がいい』って大真面目な顔で忠告してきてさ。俺のピアスについてもブツブツ言ってた。まずお前は誰だよって話」

その偉い人とやらの背格好と特徴を聞いて、丈太郎は噴き出しそうになるのをぐっと堪えた。お前、それは多分、何代か前の総理大臣だぞ。

「テレビにも出たけどさ、注目されるのって俺の素性とか、好きな女の子のタイプはどんなだとか、そんなくだらないことばっかり。俺に親への思いを喋《しゃべ》らせて泣かそうとしてきたディレクターもいた。で、俺がストリートで滑ってる映像はぜーんぶカット」

「だから、もうオリンピックには出ないのか」

また、聞いてしまった。ぽろっと出てしまった問いに、丈太郎が誰より驚いていた。

「またそれ？　おじさんもしつこいよね」

恐る恐るエイジを見る。彼は丈太郎を見ていた。金色の前髪越しに、丈太郎の腹を慎重に探っている。

「別に出ろなんて言わねえよ。ただ、初めて会ったときからこの通りずっと気になってた」

そうだ。あの日、目の前で華麗に跳んだスケーターが大和エイジだと気づいたときから、他ならぬ丈太郎が知りたかったのだ。ネタを取ってこいと言った冴恵より、ずっとずっと強く。

「俺がオリンピックに出たのはね、金メダルを獲れば、俺達が街で滑るのを、もう少し許してもらえるようになるかなって思ったからだ」

唇を引き結んだエイジに、丈太郎は「なんだよ」とこぼしそうになった。なんだよ。意外と、健気《けなげ》で純粋な理由があるじゃねえか。

「でも、スケボーは人気になったけど、ストリートで滑るのは別だった。俺達のやってることは迷惑なお遊びのままで、なんで俺達がストリートにこだわるのか、誰も理解してくれない」

エイジの目の奥がぎろりと光るのを見て、反射的にカメラを構えてシャッターを切った。肩を強ばらせて固まったエイジに、「悪い」と小さく頭を下げる。

「じゃあ、改めて聞くけど、お前はどうしてストリートで滑る。それを迷惑に思う人間がいるとわかってて、どうして街で滑る」

「おじさんはサーファーに『海は危ないから波の出るプールでサーフィンすればいい』って言うの？　言わないだろ？　俺達だって同じだ。パークでもオリンピックの競技場でも、手すりや階段を作る。街中にあるものを模《も》して作られたセクションでメイクする。それは、スケートボードが街で生まれたものだからだ。人に迷惑をかけたいんじゃない。自分が憧《あこが》れたものや追いかけてきたものを大事にしたいってだけの話だ」

丈太郎はエイジに向かってシャッターを切り続けた。

「別に、パークで滑るスケーターのことは否定しないよ。俺だってときどきパークで滑るさ。でも、パークに閉じ籠《こ》もって出てくるなって命令されるなら話は別だ。ストリートスケーターがオリンピックに相応《ふさわ》しくないって言うなら、オリンピックなんてこっちから願い下げだね」

力強く言い切られて、我慢できず丈太郎は噴き出した。エイジは怪訝そうに眉を寄せた。年相応の子供っぽい表情に、何故か安堵した。

「オリンピックなんて願い下げか。アスリートの口からそんなセリフが聞けるなんてな」

「俺はその〈アスリート〉ってのになったつもりはないけどね」

「おう、お前はストリートスケーターだもんな」

周囲を見回し、丈太郎はふふっと笑った。終電にはまだまだ早い時間なのだが、人通りがいつの間にか減っていた。たまたま人並みが途切れるタイミングだったのだろうが、妙に神秘的な何かを感じてしまう。

やっぱり、本物のアスリートは〈呼び寄せる〉のだ。自分を記録させ、世界に知らしめるための機会を、自分の力で作る。

「今なら滑れるんじゃないか」

プーケットナイト前の階段を顎でしゃくり、丈太郎は立ち上がった。カメラのレンズを外し、魚眼レンズにつけ替える。

路地には数人の通行人がいた。仕事帰りらしき会社員、若いカップル、疲れた様子で歩く髭《ひげ》面《づら》の男、大きなキャリーバッグを引き摺《ず》る外国人。一人、また一人と見つめて、最後にエイジに視線をやる。

「お前のために道を空けさせて、迷惑がられようと白い目で見られようと、トリックで黙らせちまえ。超真剣な遊びとやらを見せてみろ」

エイジは酷く胡散臭《うさんくさ》そうな目をした。でも、すでに手にはスケートボードを抱えている。

デッキをひと撫でして、ニヤリと笑った。

「若者を煽る悪いおじさんだね」

――でも、嫌いじゃないかな。

確かにそう言ったエイジを前に、丈太郎は自分のスケボーに飛び乗った。一拍遅れてエイジが地面を蹴る。

アスファルトを擦る鋭い滑走音に、道行く人が足を止め、振り返り、息を呑む。エイジのために道を空ける。

その光景を、丈太郎は撮った。

デッキの上で身を屈《かが》め、エイジが跳ぶ。合図など何もなかったのに、丈太郎も全く同じタイミングで跳んだ。

甲高い音を立て、エイジが階段の手すりに飛び乗る。滑り降りていくエイジを、丈太郎は空中から撮った。不安定な体勢になるのもお構いなしに、エイジだけを見ていた。撮り逃して堪《たま》るかと、全身の筋肉が軋《きし》んで悲鳴を上げた。

エイジはいい顔をしていた。笑いながら手すりを滑り降り、踊り場に着地して、その先の九段の階段を――。

「おじさん、煽ったんだから、ちゃんと撮ってよね！」

丈太郎のシミュレーションを蹴り飛ばすように、エイジが叫ぶ。

肩胛骨《けんこうこつ》のあたりがぞわりと粟立《あわだ》って、丈太郎は自分のボードを路肩に蹴り飛ばした。踊り場に両足で着地したら衝撃で膝が震え、こめかみが燃えるように熱くなる。

来る。間違いなく、来る。予感に喉が震え、息を止めた。コンクリートに体を横たえ、カメラのファインダーを覗き込んだ。

完璧すぎる画角に、悲鳴を上げそうになる。

プーケットナイトの「普吉府的夜晩」という真っ赤なネオン看板を背に、エイジは身を翻した。重力に喧嘩を売るように決めたのは――お得意のバックサイド１８０キックフリップ。

そのまま、手すりから手すりへ踊り場を越えて飛び移る。デッキと金属製の手すりが激しくぶつかり合って、エイジの髪と同じ色の火の粉がレンズ越しに確かに見えた。

二本目の手すりを滑り降りたエイジは、着地まで完璧だった。スケボーはアスファルトの上で弧《こ》を描き、静かに止まる。

ゆっくりと顔を上げたエイジは、自分の決めたトリックを脳内で再生するように視線を左右に泳がせた。

そんな彼を、路地にいた通行人が足を止めて見ている。プーケットナイトやダイニングバーにいた客達まで、目を丸くして店の外に注目する。

何が起こったかは把握できないが、とにかくすごいものを見た気がする。そんな高揚感に満ちた視線が路地を埋め尽くしていた。試合中の競技場と同じ、渦《うず》を巻くような熱気だった。

「撮ったぞ」

踊り場に寝転がったまま、カメラを掲げてみせる。

「……撮れた？」

「おじさん舐めんな。バッチリ撮った」

丈太郎の言葉が届くまで、随分かかった。瞬《まばた》きを数度繰り返したエイジは、強ばっていた頬を少し緩め、大きく息を吸った。

「やるじゃん。さすが、俺のフィルマー」

こちらを嘲笑《ちょうしょう》するでもなく、底意地悪く口角を吊り上げるでもなく、向日葵《ひまわり》が太陽を仰ぎ見て花開くみたいに、頬を紅潮《こうちょう》させて、笑った。

それに釣《つ》られて、言葉があふれ出てしまう。

「おう、金メダリスト様のフィルマーだからな」

◈

「今朝《けさ》公開したばかりのウェブ版のPV数が半日ですごいことになってる。雑誌の方も結構な売上が見込めるんじゃないかな。ありがと」

サラッと礼を言って、冴恵は自分のデスクに戻ってしまった。週刊現実の発売日だというのに、編集部はすでに次号や次々号の準備で慌ただしい。見本誌を手にしたまま編集部の入り口でたたずむ丈太郎のことなど、誰も目もくれない。

「……どうも」

虚空に一礼して、編集部を出た。エレベーターでビルの一階に下りると、機材の入ったキャリーケースを引き摺る篠田とすれ違った。

「おう、打ち合わせ？」

「ですです。麻倉さんと」

エレベーターに乗り込んだ篠田が、丈太郎の持っていた週刊現実に気づく。「あ、今日発売の号ですよね」と指さして、そのまま丈太郎の肩を小突《こづ》いてきた。

「大和エイジ、ちゃっかり一人で撮ってインタビューまでしたんですね。意外と抜け目ないなあ、与野さん」

「記事を書いたのは麻倉だよ。インタビューなんて大それたこともしてない」

「ウェブ版、今朝見ましたよ。いい写真ですね、あれ。隠し撮りじゃあれは撮れないっす」

「褒めても何も出ないぞ。たまたま上手くいったけど、俺は芸能カメラマンにはなれない」

「でも、ああいう記事もいいと思いますよ。俺みたいなのはどうしてもゲスいネタばかり探しちゃうけど、ああいうまっすぐな記事も、読んでて気分がいいし」

それじゃ、と手を振り、篠田はエレベーターの扉を閉めた。階数表示が編集部のあるフロアで止まるのを見届けて、丈太郎は出版社を出た。

渋谷行きの地下鉄に乗り込むと、車内に週刊現実の中吊《なかづ》り広告が出ていた。関東近郊で頻発《ひんぱつ》する強盗事件の実行犯が次々逮捕されているが指示役が雲隠れしているとか、若手俳優が闇バイトに手を出して捕まったとか、物騒《ぶっそう》な見出しが躍《おど》る中に、エイジの名前がある。

〈暴言炎上！　東京五輪金メダリスト・大和エイジ　夜の渋谷の独占インタビュー〉

赤字ででかでかと書かれた見出しに「元妻の仕事とはいえちょっと品がねえな……」と胸の奥で呟きつつ、もらったばかりの見本誌をそっと開いた。

中吊りと同じ文言の見出しと共に大きく載るのは、タイ料理店「プーケットナイト」のネオン看板をバックにトリックを決める大和エイジだ。

動画から切り出した静止画だが、何度見ても構図が完璧で、見るたびにガッツポーズしそうになる。モノクロになっても迫力のあるいい写真だ。

独占インタビューの中身は、車止めに並んで座って聞かされた内容を冴恵に書き起こしてもらった。スケボーパークにいた者の証言として、南原と柚季が無記名でコメントしている。

暴言動画は子供にスケボーを無理矢理やらせる親に放ったものだとエイジが認めた場面には、丈太郎が撮った夜のスケボーパークの写真がある。ヘルメットを被って滑る子供達の後ろ姿と、遠くでそれを見つめる保護者という構図だ。

記事の合間に、真剣な眼差《まなざ》しでこちらに語りかけるエイジの写真が三枚並んでいる。同じ構図の写真が三枚あるのに、エイジの表情が違う。不信と憤りの表情、真剣な眼差し、「オリンピックなんてこっちから願い下げだね」と言い切った清々《すがすが》しいほど凜《りん》とした眉。

写真とインタビューを週刊誌に持ち込むと言ったとき、エイジは拒否するに違いないと思った。でも、プーケットナイト前の階段に腰掛けて熟考した末に、彼は「しょうがないなあ」と猫のように大きく伸びをした。

まもなく渋谷に着くとアナウンスが入った。丈太郎は見本誌を鞄《かばん》にしまい、電車を降りた。

午後の渋谷は混んでいて、屋内もじんわり暑く、地上に出るまでにうなじに汗を掻《か》いた。トロピックに着く頃には額《ひたい》に大粒の汗が浮かんでいた。

「ウェブ版のＰＶ数がいいらしいぞ」

エアコンがこれでもかと効いた店内で、エイジはソファに寝転がってストリートマガジンを読んでいた。週刊現実を差し出すと、「げえっ」と眉を寄せる。

「うわ、本当に載せたんだ」

「雑誌も売れそうだって、編集者が喜んでた」

週刊現実を受け取ったエイジは、該当ページをチラッと確認して、顔を顰めて、すぐに側のテーブルに放り捨てた。南原が「どれどれ〜」とカウンターから出てきて、無造作にテーブルに置かれた雑誌を手に取る。

「おおっ、格好よく載ってるじゃーん」

「よくないよ。なんか大真面目にスケボーについて語ってるみたいになってるし」

いや、結構大真面目に語ってただろ——とは言わないでおく。

「どうせ昨日まで『子供に暴言吐くなんて酷い奴だ』とか『金メダリストだからって調子に乗ってる』とか『しょせんスケボーは不良の遊び』とか言ってたくせに、こんな記事一本で掌返すとか気持ち悪い」

「残念ながらそれが世間ってやつだよ。掌返してくれるだけいいじゃねえか。引っ込みがつかなくなって、お前の粗《あら》を探して叩き続ける奴も結構いるはずだ。お前の言い分をそもそも理解してくれない層だって、かなりの数いる」

金メダリストだろうと、街中でスケボーなんて迷惑でしかない。ストリートから生まれた文化だろうと人の迷惑になるものは規制されるべきだ。親に問題があろうとまずは優しく注意するべきだ……ウェブ配信された記事のコメント欄には、そんな声も多くあった。

「上等だよ。そんな連中に好かれたいとも思わな——」

不自然に言葉を切ったエイジの視線が、店の外に移る。ガランとドアベルが鳴って、制服をきっちり着込んだ柚季が「ただいまー」と額を拭《ぬぐ》いながら店に入ってきた。

後ろに、大きな青いリュックを背負った女の子がいる。

周囲の様子を窺いながら恐る恐る柚季についてきたその子は、赤いヘルメットこそ被っていないが、間違いなく、パークで滑っていた女の子だった。

「一昨日《おととい》、例のパークで声をかけられて、エイジ君に会いたいって言うから」

こんにちは、と小声だがはっきりとした声色《こわいろ》で会釈《えしゃく》した女の子は大崎美佐《おおさきみさ》と名乗った。小学四年生だという。

「俺に何の用？」

体を起こしたエイジに、美佐が静かに歩み寄る。彼女が背負っているリュックには、大手学習塾のロゴマークが入っていた。

「この前の、怖かったです」

言いながら、美佐はゆっくり頭を下げた。

「でも、ありがとうございました。お兄さんのおかげで、スケボー教室を辞めたいって、お母さんに言えました」

音もなくエイジが息を呑んだのが、横から見ていても丈太郎にはわかった。

エイジにお礼を言いたかったから、一昨日スケボーパークに行った。あの夜エイジと一緒にいた柚季を見つけて声をかけた。緊張気味に話す美佐から、エイジは視線を外さない。

「スケートボード、嫌いになった？」

静かに問いかけたエイジに、美佐は少しだけ困った顔をする。

「今は、あんまり好きじゃない」

「そう。じゃあ、もしまたやりたいって思ったら、いつでもここに来なよ」

素っ気なく言って、またソファに寝転がってしまう。美佐はもう一度エイジに「ありがとうございました」と礼を言い、丈太郎や南原、柚季にも頭を下げ、トロピックを出ていく。

勉強道具がぎっしり詰まっているのか、塾のリュックは重たそうだった。

「あんなに綺麗にオーリーできるんだから、簡単なトリックからコツコツやればいいんだよ」

美佐の背中に、エイジが思い出したように声をかけた。

「どんなにすごいスケーターだって、最初は簡単なトリックから始めたんだから。自分のペースで楽しくやればいいの」

ドアに手をやったまま、美佐は何も言わずエイジの言葉を聞いていた。だいぶたってから「はい」と短く頷き、少しだけ微笑《ほほえ》んで、店を出ていった。ドアベルの残響が、不思議と長く店内を漂った。

「よかったじゃねえか」

エイジの向かいのソファに腰を下ろし、いつもの仕返しのつもりで丈太郎は口の端をニヤリと吊り上げた。エイジは「え、何が？　どこが？」と肩を竦める。

「たまには週刊誌で大真面目に語ってみるもんだろ」

「別に、あの子が来たのと週刊誌は関係なくない？　大体、記事にするのだって、おじさんがどうしてもって言うからOKしただけだし。おじさん、仕事ないんだから特ダネでも撮らないと生活できないでしょ」

言ってくれる。事実、丈太郎には週刊現実編集部からそれなりの報酬が入るはずだ。とりあえず、エイジと智亜に飯《めし》でも奢ってやろう。

「それに、結構いいビデオを撮ってもらったから、その見返りってことにしておくよ。〈渋谷ヒカリテラス16〉に続いて、〈宇田川プーケットナイト99〉ってところかな」

ふふっと鼻で笑って、エイジがこちらに視線を寄こす。どうやら、この生意気な十八歳の方が一枚も二枚も上手《うわて》らしい。

「感謝するならもう少しわかりやすくしろ」

「じゃ、褒めて遣わす」

「舐めやがって」

吐き捨てたら、再び店のドアが開いた。期末試験が無事終わったらしい智亜が、「連立方程式ってなんなんっ？」と頬を膨《ふく》らませながら入ってくる。「やっぱり中学生じゃねえか」と丈太郎は呟いた。

第三話

渋谷駅東口ボードスライド

「おじさん、奢《おご》るなんて言ったけど、お金大丈夫なの？　さっきからずーっとネギとピーマンばっかり食べてるじゃん」

どろどろのタレに漬け込まれた牛カルビをロースターで焼きながら、大和《やまと》エイジは顰《しか》めっ面《つら》で聞いてきた。気前よく「肉を奢ってやる」なんて言ったが、本当に払えるのか？　と言いたげな手つきでトングで肉をひっくり返す。

「え、私、お金ないよ？」

エイジの隣で肉をサンチュでくるんでかぶりつきながら、真中智亜《まなかともあ》が「ホントだよ？　見る？」とラベンダー色の二つ折り財布を鞄《かばん》から出す。

「十代のお前らに払わせるかよ。店で皿洗いのバイトしてでも奢るっての」

いい具合に焼き目がついたロース肉を、与野丈太郎《よのじょうたろう》は若者二人の皿に置いた。その一方で、自分の取り皿にはほどよく火の通ったピーマンとネギをのせる。

「三十五歳を過ぎるとちょっとずつ肉が食えなくなるんだよ。お前らは目もくれないけど、カルビの端《はし》にちょーんって置かれたネギとピーマンが異様に美味《うま》いって感じるようになるんだ」

ネギもピーマンも肉の飾《かざ》り程度にしか思っていない若者二人は、メニュー片手に「次はハラミにするか」「私、お肉なら何でもいい」なんて言い合っている。「全然聞いてねえじゃねーか」と吐き捨て、ピーマンを齧《かじ》った。

エイジのインタビューを週刊誌に持ち込んだ見返りに飯《めし》を奢ると言い出したのは丈太郎だが、十代の胃袋は遠慮《えんりょ》がない。肉を肉で巻いて肉で流し込むような食べっぷりに、見ているだけで三十八歳の胃袋は満腹だ。満腹を通り越して胸焼けも起こしている。

「ねえ、おじさん、石焼きビビンバ食べていい？」

智亜がメニューにでかでかと載る石焼きビビンバの写真を指さし、ついでのように「お腹《なか》いっぱいならおじさんは牛筋カレーにする？」と聞いてくる。

「お腹いっぱいなおじさんが牛筋カレーを食えると思うなよ」

「えー、大人って大変だね」

「おう、そうだそうだ。トモもあと十年たてばわか……」

智亜は十年後でも二十三、四歳だと気づき、言葉を失う。

「……トモ、お前、俺《おれ》がアシスタント修業してた頃に生まれたのか」

「当たり前じゃん。二〇一〇年生まれだもん」

「俺は多分二〇〇五年生まれだよ」

勝ち誇ったような顔で腕を組むエイジを、智亜が真似《まね》する。兄妹でもないのに、表情までそっくりだった。

「9・11を知らない十八歳と3・11の頃に寝返り打ってた中学生かよ……年取るわけだ」

「おじさんって何年生まれ？」

無邪気《むじゃき》に聞いてくる智亜に、ロースターの上でネギを転がしながら素直に答える。

「一九八六年、昭和六十一年だ」

ちょうど就職氷河期世代とゆとり世代の間だな、と続けたかったのに、エイジと智亜が揃《そろ》って箸《はし》を止めてしまった。

「え、おじさん、昭和の人だったの」

真剣なトーンでエイジが聞いてくるものだから、トングで摘《つ》まみ損ねたネギがテーブルを転がっていった。ネギの行く末を呆然《ぼうぜん》と見つめていた智亜が、大真面目《おおまじめ》な顔で丈太郎を見る。

「……やっぱり戦争って大変だった？」

「本気なのか冗談なのかわからない質問はやめろ、心臓に悪すぎる」

絞《しぼ》り出した丈太郎をにやにやと笑いながら、エイジが「すいませーん、石焼きビビンバ、二つ」と店員を呼び止めた。


「よくもまあ、焼き肉食ったあとにこんなに動けるな」

丈太郎の予想の二倍近いサイズのビビンバを平らげてなお、若者は元気だ。コンクリートの上を滑走《かっそう》するエイジをカメラのファインダー越しに眺《なが》めながら、心底そう思った。

デザートの柚子《ゆず》シャーベットまでしっかり完食したエイジと智亜に連れていかれたのは、先日エイジの炎上騒動があったスケートパークだった。

夜間照明が煌々《こうこう》と灯ったパークを多くのスケーター達が滑《すべ》る中、ボウルと呼ばれるプール状の窪地《くぼち》に鋭い滑走音が響く。

エイジの音だった。他のスケーターとは明らかに違う切れ味のある音に、近くを滑っていたスケーターが次々エイジに視線をやる。

「おじさんも滑ったら？　ここなら警備員も警察も来ないよ？」

ピカピカのデッキを手に、智亜がこちらを振り返る。

「おじさんは満腹で動けません」

「だろうと思った！」

ふひひっと笑って、智亜は緩《ゆる》やかにボウルを滑っていく。エイジに比べたら少しぎこちない。だが体幹はしっかりしている。低い姿勢のままウィールでしっかりと地面を捉え、ボウルの曲面をスムーズにターンしていく。

丈太郎の目の前まで戻ってきた智亜がピースサインをしてきたから、たまにはと思い彼女のことも撮《と》ってやった。

「かわいく撮れた？」

みーせて！　とカメラを覗《のぞ》き込んできた智亜に、撮ったばかりの映像を見せてやる。

「おじさん、なんだかんだ撮るのは上手《うま》いよね」

「当然だ、プロだぞ」

カメラを再びエイジに向けた。混み合っていたボウルは、エイジのスケーティングに気圧《けお》されるようにして徐々に人がいなくなっていく。その場に屈《かが》み込み、低めの画角で丈太郎はその様子を記録した。

「今日、お前らのお友達も来るんだろ？」

「正確には、エイジ君の元フィルマーね」

いたずらっぽく声を上擦《うわず》らせて、智亜が丈太郎の肩を小突《こづ》く。

「元フィルマーはどうして辞めたんだ。あいつの横柄《おうへい》さにブチ切れて去ってったか？」

「いや、普通に進学」

智亜の言葉を遮《さえぎ》るように、彼女のスマホが鳴った。「あ、来た来た」と智亜が意気揚々《ようよう》と返事をした数分後、パークに眼鏡をかけた青年がやって来た。パーク内をキョロキョロと見回す彼に、智亜が「おーい、こっちー！」と手を振る。

「あの子が元フィルマー？」

丈太郎の問いに、智亜が大きく頷《うなず》く。

「長谷川広翔《はせがわひろと》君。今は八王子《はちおうじ》の専門学校で映像の勉強してる」

智亜の説明通りの自己紹介を広翔はした。名乗るだけの短い自己紹介を返すと、彼は丈太郎の顔とカメラを交互に見て、「めっちゃいいカメラだ……」と目を輝《かがや》かせた。エイジの元フィルマーにしてはあまりに普通の好青年だった。

「エイジの新しいフィルマーは全身真っ黒おじさんだってトモから聞いたんですけど、本職の人じゃないですか。すごっ」

「おう、やっとリスペクトしてくれる若者が現れて俺は嬉《うれ》しいよ」

誰が全身真っ黒おじさんだよ、と智亜を睨《にら》んだが、彼女は素知《そし》らぬ顔で「広翔君来たよ！」とエイジを呼んだ。

ボウルに響いていた鋭い滑走音が止《や》み、エイジが颯爽《さっそう》と駆《か》けてくる。「おう、久しぶりー！」とハイタッチする横顔には、普段の小生意気さは微塵《みじん》もない。

「なに、滑らないの？」

小さなボディバッグ一つで来た広翔に、エイジが首を傾《かし》げる。

「ごめん、学校終わってまっすぐ来たから」

「せっかく一緒に滑ろうと思ってたのに」

「久しぶりに顔見て話したかっただけだからいいんだよ」

滑っておいでよ、と広翔がエイジの肩を叩《たた》く。デッキの後ろ側《テール》をボウルの縁《ふち》のパイプに引っかけ、エイジは一瞬だけ面白くなさそうな顔をしたが、すぐに「ま、いいけど」と呟《つぶや》いてドロップインしていった。

「元フィルマーと今フィルマーで、仲良くね」

エイジに続いて、智亜もデッキを抱《かか》えてボウルに下りていく。「元カレと今カレみたいに言いやがって」と苦笑したら、隣で広翔が噴《ふ》き出した。

「与野さんが撮ったエイジのビデオ、見たいです」

「一緒に滑ってる俺のスケーティングが無様だけどな」

カメラバッグからタブレットを出して渡してやる。〈渋谷《しぶや》ヒカリテラス16〉と〈宇田川《うだがわ》プーケットナイト99〉でメイクするエイジの映像に、広翔は歓声を上げた。

「え、すご」

「本当にな。黙《だま》ってればスーパーアスリートなんだよ。金メダリストなんだから」

目の前のボウルは、いつの間にかエイジ一人のステージになっていた。デッキを前後、裏表に回転させ、ボウルの縁から高く飛び上がって身を翻《ひるがえ》す——決して簡単ではないトリックを息をするように繰《く》り出す金メダリストの姿に、一緒に滑っていた利用者達がすっかり見物客になっている。

「怪我《けが》をしたわけでもないのにオリンピックを捨てるんだから、意味がわかんねえよ」

無意識に「まったく……」と溜《た》め息をついていた。パリオリンピックを目指さなかった理由は先日聞いたのに、それでも、もったいないと思ってしまう。

「エイジもすごいですけど、これを撮ってる与野さんもすごいですよ。この手すりから手すりに飛び移るところとか、画《え》がめちゃくちゃ格好《かっこう》いい……ヒカリテラスのあの階段をエイジと一緒に跳《と》ぶなんて考えられないし。少なくとも、僕はビビッて無理です」

動画を何度も再生し、「ここも、ここも、あとここも」と広翔はタブレットを指さした。丈太郎がこだわった構図、画角、照明の具合にいたるまで、一つ一つ指摘していく。

「君、いい奴だな。あいつの元フィルマーとは思えん」

「そうですか？」

「おじさん、おじさんって馬鹿《ばか》にする奴としか最近会話してないんだよ」

「あはは、目に浮かびます」

肩を揺《ゆ》らしながら、広翔がエイジに視線をやる。

「フィルマーって、被写体と一緒に滑りながら撮るでしょう？　正直、僕はついていけないことがすごく多かったんですよね。エイジのスケーティングって、ご存じの通り奔放《ほんぽう》だから。ここでメイクするって決めたら絶対に諦《あきら》めてくれないし」

「わかるよ。初回から命がいくつあっても足りねえって思ったよ」

〈宇田川プーケットナイト99〉を撮ったあとなんて、左半身のあちこちに青痣《あおあざ》ができた。まだ消えていないし、今日だってときどき痛みに呻《うめ》いている。

「でも、格好いい映像が撮れると苦労が吹っ飛ぶくらい嬉しいんですよね」

「そのためにカメラマンになったようなもんだ。それに、アスリートに振り回されるのは慣れてる」

土砂降りの競技場で決定的瞬間を何時間も待つのも、極寒のマラソンレースをメディア用トラックの荷台から他のカメラマンとすし詰《づ》めになって見守るのも、灼熱《しゃくねつ》の野球場で朝から晩まで高校球児をカメラで追うのも——すべて、アスリートが丈太郎にそうさせる。

「僕もフィルマーをやってるうちに撮るのって面白いなって思うようになって、フリーターやめて専門学校に行こうって思ったんですよね」

思い返してみると、自分がカメラマンを目指したのも似たような理由からだった気がする。

甲子園常連校の万年二軍で、運動神経はよかったがスターになれるような選手ではなかった。高校三年の頃はプレーヤーより記録係として写真を撮るのが面白くなってしまい、そのまま写真の専門学校に進んで、今にいたる。

「君もあれか？　エイジと同じ施設出身？」

デッキの先端《ノーズ》を摑《つか》んで両足を浮かすエアウォークを披露《ひろう》したエイジに、歓声が湧《わ》く。

「いえ、僕はトロピックにお客としてデッキを買いに行ったら、三歳違いだからって南原《なんばら》さんにエイジを紹介されて仲良くなったんです。エイジは昔からトロピックのソファを自分の家みたいにしてたから」

その口振りからして、やはり広翔とエイジの付き合いは長いようだ。もしかしたら智亜より長いかもしれない。

「やっぱり、パートって格好よくないと。エイジはオリンピックの金メダリストなんだから、最高に格好いいパートじゃないとダメなんですよ。それは僕じゃ撮れないから。エイジだってわかってますよ。僕が撮ってるとき、エイジはもどかしかったんじゃないかな」

「そこまでエイジを買ってるなら、エイジのフィルマーに未練はないわけ？　性格はアレだけど、撮り甲斐《がい》は間違いなくあるぞ」

うわ、本当に今カレが元カレに探りを入れるみたいな言い方になったな。舌打ちを我慢する代わりに、丈太郎は白髪《しらが》のあたりをガリガリと搔《か》いた。

「オリンピックの前だったら、あったんでしょうね」

含みのある言い方だった。広翔の視線は、相変わらずボウルの中のエイジに向いている。

「付き合いの長い友達相手だったら、楽しいって理由だけで下手《へた》でもなんでもフィルマーをやってたでしょうけど、もうエイジは金メダリストですから。オリンピックが終わっていろいろ落ち着いたら新しいパートを撮ろうってエイジは言ってくれてたけど、僕の方が怖《お》じ気《け》づいちやったんですよね」

　ああ、なるほど。エイジのパートが東京オリンピックを境に公開されていないのは、そういう理由か。

「それで、フィルマーを辞めて専門学校に？」

「あー、でも、それは理由の一部ですからね？　今の話の流れだとなんか重くてジメジメした感じですけど、普通に、二十歳過ぎていつまでもフリーターしてられないなって思ってたところに、やっとやりたいことが降ってきた感じだったんですよ」

　誤解なきようお願いします、と胸の前で広翔が手を振る。あはは、と妙に平坦な声で笑う。

彼は先ほどからそうやって笑ってばかりだ。

「それに、やっぱり与野さんはカメラのプロですよ。同じトリックでも、構図が違うだけで僕が撮るよりずっと格好いい。次のエイジのパート、すごいことになるんじゃないですか？」

「君はエイジの元フィルマーなのが信じられないほど性格がいいな」

「あはは、そんなことないですよ」

　広翔はもう一度エイジを見た。ボウルの縁でドロップインのタイミングを図っていたエイジに、「ごめん、もう帰るよ」と声をかける。

「え、もう？」

　弟みたいな顔で不満そうに眉《まゆ》を寄せたエイジに、広翔は「怒るなよ」と笑った。

「明日、実習で朝早いんだよ。エイジはどうせ朝方まであちこちで滑るんでしょ？」

「そーだけど」

「宇田川交番の笹森《ささもり》さんにまた怒られないようにな」

じゃ、と言いかけた広翔が、ふと口を噤《つぐ》む。丈太郎にちらりと視線をやったと思ったら、

「じゃあ、またね」とエイジと智亜に手を振った。

丈太郎にはきちんと一礼して、広翔は足早にパークを出ていく。面白くなさそうにそれを見送るエイジを横目に、丈太郎は広翔を追った。

「俺の名刺、渡しておいていい？」

鞄から久々に名刺入れを出した。たいした情報のないシンプルな名刺を、「名刺なんて久々に渡すな」と広翔に差し出す。丈太郎の顔をまじまじと見つめた末、広翔は妙に慎重な手つきで名刺を受け取った。

「今は仕事を干されたおじさんカメラマンだけど、映像やらカメラやらを仕事にしたいなら、何かしら相談に乗れることがあるかもしれない」

「いいんですか？　今日初めて会っただけなのに」

「俺もそうやって先輩方に世話になってきた」

その恩や信頼を暴力騒動で裏切ってしまったわけだが……とは言わないでおく。

「ありがとうございます。インターンとか就職とか、悩んだら相談させてください」

もう一度丁寧に一礼して、広翔はパークを出ていった。その背中がちょっと寂《さび》しそうに見えるのは、こちらの邪推《じゃすい》だろうか。

「広翔と何話してたの」

戻ってきた丈太郎に、エイジが訝《いぶか》しげに聞いてくる。

「お前と違って品行方正で真面目な子だから、将来を見据《みす》えてツバをつけておいたんだよ」

「まあ確かに、広翔は俺よりずっと真面目だけど」

エイジはパークの出入り口に視線をやったままだ。もう広翔の姿はとっくに見えなくなったのに。広翔がスケボーを抱えて「やっぱり滑ろうかな」と戻ってくるかもしれないとでも思っているのだろうか。

「アスリートってのは、上りつめれば上りつめるほど、孤独になっていくもんだ」

え？　とエイジが丈太郎を見る。夜間用の照明が逆光になって、彼の顔に濃い影が落ちた。

「なに、いきなり」

「個人競技は尚更《なおさら》だな。進学とか就職とか、節目節目でごそっとやめていく。一緒にわちゃわちゃ楽しく練習してた仲間が、『あいつはもう俺達とは違う存在だから』って勝手に引け目を感じて離れていく」

「何が言いたいのさ」

エイジの声にはっきり棘《とげ》が生える。丈太郎を馬鹿にする生意気なエイジではなく、高校を卒業したばかりの年相応の子供らしい顔だった。

どうしてだか、しばらく顔を合わせていない一人娘の結衣《ゆい》を思い出してしまう。丈太郎が大荷物を抱えて出張に行く際、玄関で「お土産《みやげ》買ってきてね」と笑いながら、目だけは今のエイジのような静かな色をしていた。

要するに、ちょっと寂しいときの顔。

「それが大人になるってことだ、少年」

「うわっ、うざい。気持ち悪いくらいうざいおじさん仕草」

両腕をさすりながら（もしかしたら本当に鳥肌が立っているのかもしれない）、エイジは逃げるようにボウルにドロップインしていった。


「ヒカリテラスの十六段が跳べたんだから、あんな階段《ステア》、カメラ回しながら跳べるでしょ？」

マンションのエレベーターに乗り込みながら、エイジが呆《あき》れ顔で丈太郎を振り返る。今日だけで四回、同じ小言を頂戴《ちょうだい》した。

「お前は俺を殺す気か。俺だってヒカリテラスのあとに怪我一つしてなかった自分が怖いよ」

「俺のフィルマーをやるなら、三段のステアくらいカメラ回しながら涼《すず》しい顔で跳んでよね」

広翔と別れたあと、パークを少し滑って街に出た。明日も学校がある智亜を十時前に金木犀《きんもくせい》寮《りょう》に送り届けたら、たまたま見つけた商業ビル前の階段からエイジが動かなくなった。「ここでメイクするって決めたら絶対に諦めてくれない」という広翔の言葉の通りだった。

「そういう要求を、あの元フィルマーの子にもしてたのかよ。よくやってたなあの子」

「いや、広翔にそんなこと言うわけないじゃん。広翔が十六段のステアなんて跳んだら死んじゃうよ」

何を当然のことを、という顔でエイジは五階でエレベーターを降りた。丈太郎はその背中に平然とついていく。深夜の撮影に付き合ったあと、朝方にエイジの家に転がり込むのが徐々に習慣になりつつあった。

「お前、何故《なぜ》俺は死なないと思う」

「だっておじさん、ちょっとやそっとじゃ死ななそうじゃん」

褒《ほ》めているようで全く褒めていない。間抜けな飼い犬を笑うみたいな口振りだ。

「ていうか、いつもちゃっかり俺の家でぐっすり寝てから帰るよね」

「疲労困憊《こんぱい》のおじさんを徒歩で帰すな。ちょっとは労《いたわ》れ」

「朝ごはんにパン焼いてあげてるじゃん」

自分の分のついでにトースターにパン突っ込んでるだけじゃねえか。言い返してやろうと思ったら、玄関ドアに鍵を差し込んだエイジからすーっと表情が消えた。

「開いてる」

鍵を引き抜き、エイジがドアノブを捻《ひね》る。ドアは乾いた音を立てて開いた。

「おい、それって……」

玄関を覗き込み、丈太郎は言葉を失った。

靴が散乱していた。普段は玄関横のシューズクロークに整然と並ぶ、エイジのスニーカーやスケボーシューズだった。

淡い照明に照らされたリビングへ続く廊下に、無数の足跡がうっすら残っている。土足で室内を踏み荒らした跡だ。

「え、何だこれ」

中に入ろうとしたエイジの肩を摑んで、玄関の外に引っ張り出す。喉《のど》を絞って絞って「お前は外にいろ」と告げる。

「は？　どうして」

「未成年だからに決まってんだろ」

「いや、十八だから成人して――」

「いいから」

唸《うな》るように吐き捨てたら、エイジは目を瞠《みは》ったまま口を引き結んだ。

バッグからカメラを引っ張り出し、電源を入れた。靴を脱いで、足音を立てないようにリビングに向かう。廊下に残された足跡は、サイズの違いからして数人分あった。

半開きだったリビングのドアを開け、手探りで電気をつけた。

「うわ、こりゃあ、やられてるな……」

リビングのキャビネットはすべて開け放たれ、中身が床に散乱していた。シェルフに飾られていたトロフィーは倒れ、メダルはソファの上に無残に放り投げられている。

人の気配がないことにひとまず安堵《あんど》して、丈太郎はリビングの惨状《さんじょう》を動画に収めた。

頰《ほお》に風が当たって、ベランダへ続くガラス戸が開いていることに気づく。カメラを構えたまま慎重に歩み寄り、風に揺れるカーテンに手を伸ばして、勢いよく開けた。

カーテンの下に散らばったガラス片が、白み始めた空を反射して鈍《にぶ》く光っていた。窓ガラスを割り、鍵を開けて侵入したとしか思えない有様だ。

「……マジかよ」

ベランダで、夏の湿った風に一本のロープが左右に揺れている。ベランダから身を乗り出してロープの出所を確認すると、マンションの屋上からだった。

屋上から六階フロアを通過し、五階のエイジの部屋までまっすぐ垂らされている。

「ベランダから侵入して、玄関から出ていったか」

足下を見た。数人分の足跡がここにも残っている。

ハッと息を呑《の》んで、カメラの録画ボタンに触れた。撮影を止め、丈太郎は恐る恐るその場に屈み込む。

「空き巣、ってこと？」

背後から跳んできたエイジの声に、慌てて立ち上がった。

「入るなって言っただろ」

「俺の家だ」

さすがのエイジの声色《こわいろ》も強《こわ》ばっていた。荒らされたリビングを見回し、眉間《みけん》に深い皺《しわ》を寄せる。床に転がったトロフィーを見下ろしたと思ったら、下敷きになっていた年季の入った赤いキャップを摘まみ上げた。

「この有様だ、間違いなく何か盗まれてる。確認してみろ」

「確認って言ったって――」

尻《しり》すぼみに、エイジが言葉を失う。キャップを握《にぎ》り締め、散乱したトロフィーとメダルを前に頬を引き攣《つ》らせたと思ったら、シェルフに駆け寄った。

「ない」

シェルフ、床、ソファ。順番に見回して、最後に丈太郎を見上げる。飼い主に置いていかれた猫みたいな目で、かすかに喉を震わせた。

「金メダルが、ない」

◇

「しかししかし、派手にやられてしまいましたな」

涼しげなブルーの半袖シャツの上に暑苦しい防刃《ぼうじん》ベストを着た宇田川交番の笹森巡査は、鑑識作業の終わったリビングを見回して肩を竦《すく》めた。窓から緩やかに差し込む朝日に顔を顰め、

「あのでっかいPCが無事だったのは不幸中の幸いですね」と制帽を被り直す。

「でかすぎて持っていけなかったんでしょうね。サブマシンのノートPCは持っていかれてますし」

キッチンカウンターに寄りかかり、丈太郎はズボンのポケットに手をやった。

丈太郎の一一〇番で駆けつけたのは、何度か深夜の渋谷で追いかけ回された笹森巡査だっ

た。エントランスで待ち構えていた丈太郎の顔を見るなり、「ああっ、最近エイジと遊び歩いてる黒ずくめの男！」と指さして叫《さけ》んだ。

渋谷署の刑事が来て、鑑識が来て、三時間におよぶ現場検証が終わり、今にいたる。

丈太郎の見立て通り、窃盗犯は複数だった。六階建てのマンションの屋上からロープで五階に下り、ベランダからガラスを割って侵入して、金品を盗んで玄関から逃走したようだ。室内に残された足跡だけで三人分。屋上にはもう一人分、別の足跡があったという。

「ノートPCに現金数万円、ブランドものの衣類に限定品のスニーカー」

指折り数える笹森巡査に、丈太郎は溜め息混じりにつけ足す。

「それと、金メダル」

鑑識作業中にひょっこり出てくることを期待した東京オリンピックの金メダルは、ついに見つからなかった。盗まれたとしか考えられない。

「笹森巡査はどう思います？」

寝室で事情聴取を受けるエイジの姿が半開きのドア越しに見える。徹夜明けで同じことを何度も聞かれてうんざりしているのが遠目にもわかった。

「どうと言いますと？」

とぼけたように笹森は首を傾げた。その顔に、どうやらこの警察官は俺と同じ予想を抱いているらしいと察する。

「俺は空き巣の経験はないですけど、適当な家に侵入して盗みを働いたように見えなくて」

「そうですね。複数人で来てるんで、まず計画的な犯行でしょうし、六階を素通りしてわざわざ五階までロープで下りてきてるんで、確実にこの部屋を狙《ねら》った犯行だと思いますよ。大和エイジの家だと知って入った可能性も」

「ですよねえ……」

がっくりとカウンターに突っ伏した丈太郎に、笹森が「与野さん、部屋に入ったとき何か見たんですか？」と聞いてくる。

「いいえ、警察にお話ししたこと以外は、何も。ただ、随分《ずいぶん》と詰めが甘い犯人だなとは思いました。窃盗団にしてはいろいろと杜撰《ずさん》というか。屋上に仲間が一人残ってたのに侵入に使ったロープは忘れていくし、足跡はべたべた残していくし」

「お、与野さん、鋭いですね。確かに、犯人達は現場に遺留品を残すことがどれだけ危ないか理解してない。夜中にこんなにガチャガチャ荒らしたら帰宅した住人がすぐに『空き巣に入られた』って気づいて通報する。両隣や下の階の住人に物音を聞かれて犯行時間もすぐに推測される。杜撰も杜撰ですねえ」

まあ、こちらとしては助かりますけど。はははっと笑いながら笹森は続ける。

「ブランドものの服や限定品のスニーカーなんてかさばるものに手を出したあたり、犯人は若いんじゃないいんですかね。フリマアプリで売りさばく気なのか、自分がほしくなっちゃったのか。だとしても、金メダルなんてすぐに足がつくものを盗むあたり、ちょっと思慮《しりょ》が浅すぎる気もしますけど」

エイジ曰《いわ》く「そんな固《かた》いことは言わない」らしい笹森だが、持論を述べる表情は鋭かった。制服を脱いだらどこにでもいそうな気のいいアラサーなのに。

寝室からスーツ姿の渋谷署の刑事が出てきた。大欠伸《おおあくび》をしながらエイジも遅れて出てくる。

「半分くらい、夜中に人の迷惑も考えずスケボーなんてやるなって説教だったんだけど」

刑事に聞こえるのもお構いなしに、そんな不満をこぼす。

「夜遊びしてるから空き巣に入られるんだって？」

「そんな感じ」

苦々しげに頷いたエイジは、そのままソファに散らばったトロフィーやメダルに目をやった。窓から吹き込む風に甘い土の香りが混ざっている。雨雲が近づいているらしい。

エイジの横顔になんと声をかけるべきか考えあぐねているうちに、今度は丈太郎が刑事に呼ばれてしまった。

自分のうなじのあたりに、エイジの視線が突き刺《さ》さる感覚がした。

テーブルにグラスが置かれる音で、自分がうたた寝をしていたことに気づいた。顔を上げると、南原がパイナップルのヘタみたいな緑色の髪を揺らして「お疲れですねえ」と笑った。

「すいません、思いきり落ちてました」

「完徹明けなら仕方がないよ。麦茶どうぞ～」

氷がぎっしりと詰まったグラスを受け取り、中身を半分ほど呷《あお》った。冷たい苦味が舌のつけ根から眉間に染み渡っていく。ソファに座り直し、丈太郎はトロピックの天井《てんじょう》を睨みつけた。

「とりあえずさ、命が無事でよかったんじゃない？　犯人と鉢合《はちあ》わせてたら大変なことになってたかも」

「それはそうですけど、現場検証のあとがまた大変だったんですよ。鑑識が指紋採取するのに塗ってった粉、拭《ふ》いても拭いても全然落ちないし」

「ああ、あれって綺麗《きれい》にしていってくれないんだ……」

向かいのソファで横になったエイジは、さっきまで読んでいたストリートマガジンで顔を覆《おお》って寝ている。見ていたら欠伸が込み上げてきた。眠れるものならこのソファで寝てしまいたいが、どうにもそういう気分になれない。

「空き巣の捜査ってさぁ、ちゃんとやってもらえるものなのかな」

「どうでしょうね。ただの空き巣だったらわかりませんけど、金メダルが盗まれてますから」

東京オリンピックの金メダリスト（しかも、先日炎上騒動があったばかりだ）の家からメダルが盗まれたとなったら、確実にニュースになる。警察もそれなりに捜査はしてくれるはずだ。

「金メダルが盗まれるって、過去にあるの？」

「意外にありますよ。アメリカだったかな、バレーボール選手の東京オリンピックの金メダルが車上荒らしに盗まれた事件があったはず。犯人が捕まったのか、メダルが返ってきたのかは、わかりませ――」

丈太郎が言い終えないうちに、店の出入り口のドアベルが鳴った。いつの間にか雨が降っていて、通りに面した窓ガラスが白く曇っていた。

　ピンクのエクステ混じりの髪を振り乱した智亜が、黒いストライプ模様のビニール傘を手に駆け込んでくる。背後に、レインコートを羽織った宇田川交番の笹森巡査を連れて。

「エイジ君の家に空き巣が入ったんだってて？」

　店に客がいないのをいいことに、大声で叫ぶ。エイジが面倒くさそうに顔の上から雑誌をどかした。

「金メダル盗まれたって本当っ？」

　エイジと丈太郎の顔をぶんぶんと交互に見る智亜に、丈太郎は力なく頷いた。

「笹森巡査に聞いたのか？」

「うん、来る途中にばったり会ってさ。エイジ君に用があるって言うから、トロピックに来た方が早いよって連れてきてあげた」

　ねー？　と智亜が笹森を見上げる。「雨の中、二度手間にならなくて済みましたよ」と笹森は濡《ぬ》れた額《ひたい》を拭《ぬぐ》った。

「エイジのマンションの防犯カメラ、確認できたんですよ。零時《れいじ》過ぎに黒いワゴン車でぞろぞろやって来て、ノートPCやスニーカーを抱えてバタバタ逃げていく五人組の男が映ってました。マスクやら帽子《ぼうし》やら目出し帽やらで顔を隠してましたけど、近くのコンビニの防犯カメラにもワゴン車がバッチリ映り込んでたんで、そう遠くないうちに捕まるんじゃないかと」

「マンションの屋上にあった足跡は四人分だったたってことは、一人は運転手として車に待機してたわけですか」

「ええ、わちゃわちゃとワゴン車に乗り込んで去っていきました」

これ見よがしに遺留品を置いていき、防犯カメラの位置にも無頓着《むとんちゃく》。今朝《けさ》、笹森に対して自分で言った〈杜撰〉という言葉が、丈太郎は少し怖くなった。

だって、この〈杜撰〉さは——。

「それ、もしかして最近増えてるアレってこと？」

新しい麦茶を用意してきた南原が、「ほらぁ、アレよ、アレ」と何もない天井を指さして顔を顰める。

「エイジのインタビューが載った週刊現実でも特集されてたやつ」

「ああ、関東全域で頻発《ひんぱつ》してる強盗事件のことですよね。実行犯ばかりが捕まって、なかなか指示役が捕まらないという」

それそれぇ！　と南原が笹森を指さし、ついでに麦茶を手渡す。「恐ろしいですよねー」と肩を竦め、笹森はグラスを一気に空にした。

「警察はあの手の連中を匿名《とくめい》・流動型犯罪グループと呼んでるんですけど、今回エイジの家に入ったのも、その手の一味でしょうね。実行役はどうせSNS経由で闇バイトに手を出しちゃった連中でしょうから、指示役の幹部達からしたら使い捨てでしょうけど」

確かに、いつかの週刊現実にもそんな記事があった。都内を中心に神奈川、千葉、埼玉で多発していた強盗事件や窃盗事件の犯人が軒並み闇バイトで集められた若者で、指示役から命じられるがまま犯行におよんでいたというものだ。

銀座の高級時計店、上野の宝石店への強盗は大きく報道されたし、世田谷《せたがや》と横浜の資産家宅に宅配業者を装って押し入ったというニュースもあった。つい先日はカードショップが狙われたという話も聞いた。

実行犯こそ捕まるが、指示役が捕まらないからまた同じことが起こる。

「というわけで、何かわかったらまた来ますね」

ひらひらと手を振り、笹森は帰っていった。ザーザーと音まで激しくなった雨の中、颯爽と自転車に跨《また》がって窓ガラス越しにこちらに一礼する。

「おじさん、何考えてるの？」

濡れた窓をぼんやり眺めていたら、横《よこ》っ面《つら》を叩くようにエイジが聞いてきた。ストリートマガジンのページをめくりながら、視線は丈太郎を捉えて放さない。

「は？　何が」

「今朝から……っていうか、空き巣に入られたってわかったときから、何か考えてる顔だから。眉間にずーっと皺寄ってるよ」

鋭いな。ソファに寝転がったままのエイジを、丈太郎は顎《あご》でしゃくった。

「それはお前だろ。そこで何時間もタヌキ寝入りしてたくせに」

エイジがスンと息を呑む。まさか、気づかれてないとでも思っていたのか。

「金メダルのことを考えてたのか」

ロウソクの火が消えるように、エイジから表情が消えた。頬骨《ほおぼね》のあたりを痙攣《けいれん》させて、丈太郎を見上げる。どうやらこいつは俺の予想より二割増しで狼狽《うろた》えているらしい。

「お前、金メダルが盗まれたことに結構動揺してるだろ」

本人も自覚がないのかもしれない。オリンピックの金メダルなんてたいした価値はない――そんな態度でいるくせに、いざ金メダルがなくなったら、ショックを受けている。

「は？　動揺してる？　俺が？」

ありえないという顔をするが、いつもは生意気に細められている目の奥が強ばっている。しょせんはまだ十代だよな、と丈太郎は額の生え際《ぎわ》の白髪を掻いた。

「だって、お前……ずっと読んでるその雑誌、思いきり先々月号だぞ」

智亜と南原がエイジの手にした雑誌の表紙を覗き込む。本人より早く「あっ、ホントだ」「めちゃくちゃ先々月のだねぇ」と立て続けに呟く。

本当に今の今まで気づいてなかったようで、エイジは自分が手にした雑誌を呆然と見下ろしていた。

「そんなお前に追い打ちをかけるようで悪いけど、犯人はお前を狙って盗みに入ってるよ、間違いなく」

「そんなの、俺だってわかってるよ」

「昨夜、お前が家にいないって知ってた人間が手を引いてる可能性が高いってこともか？」

夜中に複数人でぞろぞろとやって来て、屋上からロープでベランダに下りて侵入するなんて、この時間に住人がいないとわかっていたはずだ。

エイジが家を出るのをご丁寧に見張っていた可能性も捨てきれないが……エイジは午後七時には丈太郎の奢りの肉にかぶりついていた。いつ帰ってくるかもわからないのに、悠長に深夜まで待つ理由が見つからない。そもそも、あんなに杜撰で幼稚《ようち》な犯人達が、そんな用意周到な真似をするのは逆に不可解だ。

「昨日《きのう》、お前が一晩中いないって知ってた人間なんて、たかが知れてる」

丈太郎は自分の顔を指さした。次に、きょとんとしたまま話を聞いていた智亜を。

「あとは、昨夜お前の顔を見に来た長谷川広翔な」

え、と一番に声を上げたのは南原だった。「長谷川広翔って、あの長谷川広翔ぉ？」と目を白黒させる。

「おじさん、何が言いたいの」

エイジの声色は変わらない。だが、静かにソファから体を起こした。丈太郎を刺すように睨みつけてくる。全身の毛を逆立《さかだ》てた猫を思わせた。

重たい体を動かして、丈太郎は立ち上がった。

「お前だって気づいてるだろ。認めたくないから、気づいてないって思い込んでるだけで」

ズボンのポケットから取り出した自分の名刺を、丈太郎はエイジに差し出した。今朝、笹森と話しているとき、刑事からの事情聴取の最中、トロピックへ来てからと、何度も何度も触れたせいで端が小さく折れ曲がっている。

「なに、いきなり名刺なんて出して」

「お前の家のベランダに落ちてた」

荒らされた部屋を見回し、窓のカーテンを開けて、ベランダで揺れるロープに驚いた。

足下に視線をやって、そこに残された足跡と、自分の名刺に、もう一度驚いた。これをカメラで記録してはまずいと思い、咄嗟《とっさ》に録画をやめた。

「俺はお前に名刺を渡したことはない。それどころか仕事を干されてるから、この二ヶ月、名刺そのものを誰にも配ってない」

――昨夜を除いて。

言葉にしなかったが、名刺から顔を上げて丈太郎を睨みつけたエイジに、こちらの言いたいことは伝わったようだ。

「え、待って。それって、犯人の中に広翔君がいるってことっ？」

智亜があっさり声に出した。それも結構な声量で。本当に、言葉にしてしまえば〈あっさり〉だ。その一言がこんなにも重い。

「広翔が、そんなことするわけない」

「そうだな、俺も一度会っただけだけど、まさかと思った」

でも、目の前の事実を掻き集めて重ね合わせたら、そうとしか考えられないのだ。何度バラバラにして考え直しても、長谷川広翔が関わっているという結論にいたってしまう。

「すぐに笹森さんに話すべきだったのに、今朝も、今も、踏ん切りがつかなかった」

「どうして、俺にすぐ言わなかったの」

エイジの眉間に皺が寄る。動揺と、困惑と、丈太郎に対する不信感が渦巻《うずま》いている。

溜め息が一つ、自然とこぼれてしまう。

「お前がさらに傷つくかなと思って」

「余計なお世話だよ」

「おじさんってのは余計なお世話をするもんなんだよ。若者相手だと特にな。だから鬱陶《うっとう》しがられるんだ」

棒立《ぼうだ》ちで丈太郎を見つめる智亜と南原に交互に視線をやって、丈太郎は肩を落とす。

「俺の勘違いの可能性もある。とりあえず、本人に話を聞いてみないと何とも言えない」

俯《うつむ》いたまま……自分の爪先《つまさき》を睨みつけたまま、エイジは何も言わない。しょせんはまだ十八歳だよな、と丈太郎は鼻息混じりに笑った。

「エイジ」

言ってから、こうしてちゃんと名前で呼びかけるのは初めてだと気づいた。

「金メダル、取り戻したくないのか」

丈太郎の問いに、エイジがムッと奥歯を噛《か》んだのがわかった。また生意気を言うかと思いきや、無言で立ち上がる。

腹を決めた顔で、吐き捨てるように言った。

「行こう、広翔の家」

「店、臨時休業にしてよかったんですか？」

丈太郎の問いかけに、トロピックの社用車である軽バンのハンドルを握った南原は、「いーよ、雨でお客さんほとんど来ないし」と笑った。

「広翔のことが心配だしねえ」

南原の口調《くちょう》こそ穏《おだ》やかなのだが、車内の空気はどうもぎこちない。ルームミラーにぶら下がったパイナップルのキーホルダーが陽気に揺れているが、だんだん空気が読めない痛い奴に見えてきた。

ハワイの海を思わせるブルーグリーンにハイビスカスの赤という南国カラーな配色の軽バンにおじさん二人と若者が乗り込んでいるさまは、道行く人からは家族旅行の道中に見えるかもしれない。乗っている人間の胸中は正反対なのに。

丈太郎は後部座席を確認した。智亜がスマホを手に「広翔君にメッセージ送ったけど、既読つかないなあ」とぼやくが、隣に座るエイジは黙ったままだ。窓ガラスに雨粒が打ちつけるのをぼんやり眺めている。

長谷川広翔の家は世田谷区桜上水《さくらじょうすい》にあった。駅前を通過する際、広翔がここから電車に乗り、下北沢《しもきたざわ》で乗り換えて渋谷へ行き、トロピックでエイジと合流してスケボー片手に街へ繰り出していく姿を思い浮かべてしまった。

南原が軽バンを停めたのは小綺麗な一軒家の前だった。大学生の一人暮らしだとばかり思っていた丈太郎は、門扉《もんぴ》に掲げられた「長谷川」という洒落《しやれ》た書体の表札に面《めん》食らった。

路駐した車に南原を残し、智亜がインターホンを押した。応対した広翔の母は丈太郎に一瞬だけ怪訝《けげん》な顔をしたが、エイジと智亜を見てすぐに頰を緩めた。

「二人とも久しぶりねぇ。広翔が専門学校に通い出してからご無沙汰になっちゃって」

突然の訪問にもかかわらず丈太郎達を招き入れた広翔の母は、階段から二階に向かって「広翔ぉー、エイジ君達が来たけどー？」と声を張り上げた。

応答は、ない。物音一つしない。

「上がってもいいですか？」

エイジの声が強ばっている。

「どうぞどうぞ。昼寝でもしてるのかもしれない。朝方に帰ってきたみたいだから」

朝方か。声に出しそうになったが、丈太郎はそっと呑み込んだ。

広翔の母に一礼し、エイジは階段を上がっていった。智亜がそれに続く。広翔がフィルマーだった頃、編集作業はほとんどエイジの家でやっていたと昨夜聞いたが、二人とも何度かここに来たことがあるのだろう。広翔の部屋に向かう足取りが慣れている。

二階の奥に広翔の部屋はあった。エイジが無言でノックしたが、やはり反応はない。

「広翔、ちょっと話したいことがあるんだけど」

そう声をかけてなお、何も聞こえてこない。それどころか人の気配がない。

エイジが無言でドアを開けた。雨音が響く六畳《じょう》の洋室は薄暗く、広翔の姿はなかった。

「おばさーん、広翔君いないです」

智亜が階段から身を乗り出して一階へ叫ぶ。パタパタと階段に駆け寄る足音がして、「嘘、いないのっ？」と困惑の声が飛んできた。

「昼過ぎまではいたんだよ？　広翔の奴、何も言わないでどこ行ったんだか」

ごめんねー、お茶入れるから、お菓子でも食べてってよ。などと言いながら広翔の母の足音が再び離れていく。エイジは何も言わず広翔の部屋に足を踏み入れた。

クローゼットの横にスケートボードが立てかけられていた。本棚には学校で使っているらしいテキスト。ハンガーラックには服がぎっしり収納され、壁には何種類ものキャップがかけられている。家を出る直前までベッドに寝転がっていたのか、掛け布団《ぶとん》が丸く皺になっていた。

窓辺のデスクには開かれたままのノートPCと——薄暗い部屋でも金色に光る、メダルが一つ。

「おい、それって」

聞くまでもなかった。勝利の女神ニケ像と五輪のマークが刻印された金メダルには、「TOKYO2020」とプリントされた首かけリボンがついている。

「本人に会わなくても答え合わせができちゃったな」

エイジがメダルを取り上げる。オリンピックのエンブレムを模《も》した組市松模様《くみいちまつもよう》のリボンが、しゅるりと音を立てて彼の手からこぼれ落ちた。

丈太郎の背後から智亜がその様子を覗き見ていた。ちらりと顔を上げ、「どうする？」と丈太郎に問いかけてくる。

どうするったって……と小指の先で頬を掻いたとき、デスクに置かれたノートPCの電源ボタンが白く点滅《てんめつ》していることに気づいた。

そっと手を伸ばして、ボタンに触れた。スリープ状態だったノートPCが光る。地図アプリが画面に浮かび上がった。

それも、よく知る場所の。

「渋谷だ」

画面を見つめてエイジが呟く。丈太郎とエイジの間からぬるっと顔を出した智亜が、「ピンが打ってある」と地図上の一点を指さした。

渋谷駅のほど近く。宮益坂《みやますざか》のあたりに赤いピンが表示されている。恐る恐る丈太郎がクリックしたら、宝石店の名前が現れた。

「次はここ、ってこと？」

恐ろしいほどに無感情なエイジの声に、丈太郎は思わず彼の目を凝視《ぎょうし》した。

「今日、これから、ここに強盗に行きますって、そういうこと？」

迫《せ》り上がってきた言葉が喉元《のどもと》で玉突き事故を起こして、声にならなかった。代わりに、昨夜スケボーパークで初めて会った広翔の顔が浮かぶ。

格好いい映像が撮れると嬉しい。撮るのが面白いと感じて専門学校に行った。エイジのパートは格好よくあってほしい。でも、それは自分にはできない。

そんな話をしながら、合間に「あはは」と妙に平坦に笑う子だった。あの笑い方が引っかかったから、俺は警察に名刺の件を切り出せなかったのかもしれない。

「お前ら、ちょっと俺の話を聞け」

エイジと智亜がこちらを見る。今、俺はちゃんとした大人の顔をできているだろうか。

「大人として、あと、一番の部外者として、このまま通報することも俺はできる。正直それが一番手っ取り早いだろうなと頭ではわかってる。ただ、これは俺の想像でしかないが——俺の名刺がエイジの部屋のベランダに落ちてたのも、金メダルがこの部屋に置いてあったのも、俺にはどうも、見つけてもらいたくてそうしたように思えてならない」

根拠は何かと言われると困る。強《し》いて言うなら、長谷川広翔がそこまで愚《おろ》かな人間に見えなかったから、だろうか。

愚かだから犯罪に手を染めるとも限らないし、優しかったり気がよかったりするが故《ゆえ》に荷担してしまうこともあるのだろうけれど。

「見つけてもらいたいって、どういうこと」

エイジの口の端がわずかに震えた。窓ガラスを雨粒が忙《せわ》しなく流れ落ちていく。それでもエイジの髪の毛先が金メダルと同じ色に光る。

きっと、彼も自分も、同じものを思い出している。昨夜、スケボーパークからの去り際に広翔が何か言いかけたこと。

彼が言葉にしたかったのは、「助けてくれ」だったのではないか。空き巣に入るターゲットが朝方まで家に帰らないと確かめるためにパークに来たのに、当のエイジに助けを求めようとしたのではないか。

寸前で言えなかった理由が「初対面の丈太郎がいたから」なのだとしたら、その気持ちをくんでやりたかった。

「助けてほしいって、お前に言ってるんじゃないのか」

俺はそう思ったよ。つけ加えたら声が擦《かす》れてしまった。だが、充分だったらしい。

鮮《あざ》やかに踵《きびす》を返したエイジは、勢いよく部屋を出ていった。智亜も丈太郎もそれに続いた。

階段をドタドタと駆け下りると、広翔の母親がクッキー缶を手に「えー、もう帰るの？　お茶飲んでいかない？」とリビングから顔を出した。

「すいません！　今日はこのへんでお暇《いとま》しますっ！」

あなたの息子の犯罪を止めに行くんですよ……なんて言えるわけがなく、丈太郎は深々と頭を下げて玄関を飛び出した。

血相を変えて軽バンに飛び込んできた丈太郎達に、南原は驚きのあまりクラクションを鳴らした。それでも、エイジが「渋谷に戻って！」と叫んだら勢いよくアクセルを踏み込んでハンドルを切る。

「広翔がっ？　今から強盗ぉ？　渋谷でっ？」

井の頭通《いがしら》りを法定速度ギリギリのギリギリで走りながら、南原が三度叫ぶ。たいしたスピードは出ていないのに助手席で窓上のグリップを握り締め、丈太郎は「何かの間違いならいいですけどね！」と叫び返した。

ルームミラー越しに後部座席を見る。エイジも智亜も丈太郎と全く同じ体勢でいた。スピードは法定速度ギリギリしか出ていないのに。

「運よくやらかす前に止められれば、罪が一つ減ります」

天気が悪いからなのか、渋谷が近づくにつれ道が混み始めた。通行人は傘のせいで動きが鈍い。その煽《あお》りを喰らうように自動車の流れも滞《とどこお》っていく。

「ていうかさ、広翔の家って、別に貧乏でもないのに、なんで？」

何度目かの赤信号に捕まったとき、苛立《いらだ》たしげに智亜がこぼした。振り返ると、窓枠に頬杖《ほおづえ》をついた智亜がこちらを見ていた。

大人なら教えてよ、という顔で。

「一人暮らしってわけでもないし、親も二人ともいるしさ、遊びに行くとお母さんがちょっといいクッキーとジュース出してくれるし、専門学校だって行けてるし、別に泥棒《どろぼう》なんてしなくても生活できるじゃん」

運転する南原と顔を見合わせた。考えた末、丈太郎は「あのな」と再び智亜を振り返った。

「闇バイトなんてのに手を出しちゃう奴ってのは、本当に生活に困ってる人間ももちろんいるだろうけど、そうじゃないのもいるんだよ。割のいいバイトくらいの感覚で始めちゃったのかもしれないし、友達や先輩に誘われて巻き込まれたのかもしれない」

うんうんと南原が頷く。

「なんでそんな馬鹿なことをするんだってお前らは思うだろうけど、一歩間違ったら、立場は違ったかもしれないぞ」

「何それ」

「もし俺が悪い大人だったら、親切なおじさんのふりをしてお前らを犯罪に巻き込んだかもしれないぞ」

智亜は納得していない顔だった。親がいて東京に家があって、行きたい学校に進学できて、それ以外の何がほしいの。忙しなく繰り返される瞬《まばた》きから、そんな本音《ほんね》が滲《にじ》んでいる。

「わかんなくていいけど、俺が今言ったことは覚えとけよ。そのうち役に立って俺に感謝する日が来る」

精一杯、茶化した。エイジから刺すような視線が飛んできたが、気づかないふりをした。

広翔の部屋で見た宝石店は渋谷駅の近く、宮益坂の中ほどにあった。見慣れた地図とルートをカーナビが示している。

駅前の混雑を避けるため、〈宇田川プーケットナイト99〉の舞台となったタイ料理店の側を通り抜け、井の頭通りからオルガン坂に入った。渋谷パルコ、先日エイジの炎上の舞台となったミヤモトパークを横目に美竹通りを進めば、数週間前、ゴシップ探しに失敗した丈太郎が途方に暮れていた宮益坂上交差点に行き着く。

交差点を右折すれば、宝石店はすぐそこだった。

「黒のワゴン車！」

真っ先にエイジが叫んだ。カーナビ上で目的地とされたその場所には確かに宝石店があり、路肩に黒いワゴン車が停まっていた。

ショーウインドー越しに道行く人が店を覗き込み、中にはスマホを構えている人がいる。何人かが慌ててその場を離れるのを見て、丈太郎はカメラバッグからカメラを取り出した。

帽子とマスク、もしくは目出し帽で顔を隠した男が四人、店から出てくる。一人が大きなボストンバッグを抱えていたが、丈太郎は彼らの格好に愕然《がくぜん》とした。

パーカーにトレーナー、Tシャツ……色こそ黒だったりグレーだったりなのだが、いかにも二十代の若者という服装で、いかにも日雇《ひやと》いのバイトに来ましたという格好だった。

「え、いる？　広翔いるのっ？」

忙しなく動くワイパー越しに、南原が目を凝《こ》らす。丈太郎はカメラを回した。

車内に、湿った風が吹き込んできた。

「広翔ぉ！」

後部座席の窓を開け放ったエイジが、車体から身を乗り出して叫んだ。智亜が「エイジ君、落ちる落ちるー！」と彼のシャツを引っ摑んでいる。

ワゴン車に乗り込もうとした男達のうち、最後尾にいた一人がエイジの声に足を止めた。黒いキャップに黒いマスクで顔はほとんど見えないけれど、すぐに広翔だとわかった。

　こちらを凝視して動けずにいた広翔を、仲間の一人がワゴン車の後部座席に押し込む。

　そのまま、ワゴン車は渋谷駅方面へ宮益坂を下っていく。宝石店の中から刺股《さすまた》を持った男性店員が飛び出してきて、ワゴンに向かって「待てコラー！」と怒鳴《どな》り声を上げた。

「南原さん、追って！」

　ずぶ濡れになったエイジが前を指さす。「や、やってみよう！」と叫んだ南原は思いきりアクセルを踏んだ。

　ワゴン車は二車線の宮益坂を乱暴に進んでいった。前を行く車輛を強引に追い越す。対向車から次々とクラクションが鳴り響き、歩道を蠢《うごめ》いていたカラフルな雨傘が車道に注目した。

「えー待って待って！　無理無理ぃ！」

　南原も追いかけようとしたが、対向車に爆竹《ばくちく》のようなクラクションを鳴らされて慌てて進路を戻す。

「おい、下手したら人を轢《ひ》くぞあいつら……！」

　徐々に離れていくワゴン車が横断歩道を猛スピードで通過する。渡ろうとしていた人が逃げ惑い、誰かの悲鳴が聞こえた。

　ワゴン車はそのまま渋谷駅前の交差点に進入した。幸い、信号は青だ。交差点を左折し、明《めい》治《じ》通りを恵比寿《えびす》駅方面に走っていく。

　トロピックの軽バンも黄色信号を辛《かろ》うじて左折でき、南原が「黄色は原則〈止まれ〉なのに

〜」と嘆《なげ》きながら果敢《かかん》にハンドルを切った。

だが、渋谷ヒカリテラス前を通過すると、先の信号は赤だった。自動車が車線をぎっしりと埋《う》める中、さすがのワゴン車も大人しく停車したのが五台ほど別の車輌を挟《はさ》んで確認できた。

「降りる」

エイジが唐突《とうとつ》に宣言し、スケボーを担《かつ》いで軽バンのドアを開けた。

その声が、手つきが、妙に冷静で腹が据《す》わっていて、気がついたら丈太郎も助手席を飛び降りていた。

右手にカメラのハンドルを、左手にスケボーをしっかり握り締めていて、自分でも驚いた。

「トモは乗ってろ！」

ドアを開けかけた智亜に怒鳴る。

「なんでよっ！」

「お前が中学生だからだよ！」

絶対降りるなと念を押して、エイジを追った。犯人達までは距離がある。信号が青になり、車列が動き出してしまう。

側の車がクラクションを鳴らす。エイジは振り返ることなくガードレールを飛び越え、歩道橋の階段を駆け上がった。

ワゴン車が交差点をゆっくり直進していくのを確認し、丈太郎も雨に濡れた階段を上った。

渋谷駅東口の巨大な交差点を取り囲む歩道橋は、傘を差した大勢の人が行き交っていた。エイジは怯《ひる》むことなくスケートボードに飛び乗り、一度、二度、三度と地面を蹴《け》った。

「くそっ、だろうと思ったよ！」

エイジの真似をして、丈太郎もスケボーを歩道橋の床板に叩きつけた。濡れたタイルを蹴ると、ウィールが湿った音を立てて滑った。

エイジは止まらない。周囲の人が驚いて振り返るのもお構いなしに、水しぶきを上げて加速する。

濡れた歩道橋にエイジのウィールが轍《わだち》を残す。丈太郎は必死にそれを追った。なんとかカメラをエイジに向けた。無意識にカメラの位置を低くしていた。

人混みを縫《ぬ》うように滑り抜けたエイジが、階段の手前で静かに重心を下げる。丈太郎は雨粒ごと大きく息を吸った。

エイジは跳んだ。雨をなぎ払う鋭いオーリーだった。

階段の手すりをデッキの腹で捉え、矢のように滑り降りていく。ステンレス製の手すりを木製のデッキが擦《こす》り上げ、甲高《かんだか》い音を立てた。

鮮やかなボードスライドを披露したエイジに、階段を上がってきたサラリーマンが悲鳴を上げて飛び退《の》く。階段の真ん中を走るスロープを、丈太郎は「ごめんなさーい！」と喚《わめ》きながら滑っていった。

側の車道をワゴン車が走っていく。エイジは濡れて黒光りする車体から視線を外さない。

そのまま、デッキを蹴り捨てて跳んだ。金髪から細かな雫《しずく》が散って、丈太郎は「おい、マジかよ」と呟いた。

エイジが息を吸う音が聞こえた。

「止まれえええええっ！」

鈍く重たい音を立て、エイジはワゴン車の屋根に飛び移った。

「おいっ、無茶すんな！」

歩道に転がったデッキを呆然と見つめ、丈太郎は叫んだ。

エイジがワゴン車のフロントガラスに両手を広げ、もう一度「止まれぇ！」と怒鳴る。ワゴン車が左右に大きく揺れ、減速した。

「どうなっても知らねえからな！」

スロープを滑り降りた勢いのまま、丈太郎は車道に出た。ワゴン車に思いきり手を伸ばすと、車体後方のリアワイパーに指がかかった。

スモークフィルム越しに人の頭が見える。振り返ったその顔は長谷川広翔に違いなかった。

リアガラスに両手をついた彼が丈太郎に向かって何か叫んだ。声は聞こえなかったが、彼の口が確かに「ごめんなさい」と動いたのだけ、わかった。

エイジが運転席に向かって叫ぶ。フロントガラスを叩く振動と、車内の男達が騒ぎ出すのが指先に伝わってくる。

後ろを走るトラックがクラクションを鳴らし、急ブレーキをかけた。エイジを振り落とそうとワゴン車が左右に蛇行《だこう》し、丈太郎のスケボーのウィールから甲高い悲鳴が響いて——これは死ぬ、と思った。

「『バック・トゥ・ザ・フューチャー』じゃねえんだぞ馬鹿野郎っ！」

そんな古い映画知らないよ、とこちらを馬鹿にして笑うエイジが思い浮かんでしまった。生きて帰ったら無理矢理にでも全シリーズ見せてやると心に決めて、デッキから足を離してワゴン車によじ登った。

丈太郎のスケボーが歩道に向かって吹っ飛んでいき、ワゴン車が右に大きくハンドルを切った。遠心力でカメラを吹っ飛ばされそうになる。

赤信号の交差点を無理矢理右折したワゴン車は、歩道の防護柵《さく》に二度車体を擦った。橋が見えた。渋谷駅の方から流れる渋谷川にかかる橋だ。その欄干《らんかん》に、ワゴン車は頭から突っ込んだ。

衝撃で体が浮き上がり、無意識にカメラを抱え込んだ。エイジがボンネットに背中を打ちつけ、歩道に投げ出される。

彼のスキニーパンツのポケットから、金メダルがこぼれ落ちるのが見えた。

雨の中でも黄金色《こがねいろ》に光るメダルは、歩道の石畳《いしだたみ》で高らかに跳《は》ね上がり——落ちていった。

昼間から降り続く雨で水位を増した、渋谷川に。

歩道で痛みに呻いたエイジの視線が、その軌道《きどう》を捉えた。手が伸ばされる。下半身を引き摺《ず》り、エイジの掌《てのひら》がメダルを追った。縋《すが》るように、懇願するように、追いかけた。

「馬鹿っ、動くな！」

ワゴン車から飛び降り、エイジの胸にカメラを押しつけ、欄干を蹴る。

なんの恐怖も感じなかった。ただ目の前の金メダルに向かって飛び降りた。「TOKYO2020」とプリントされたリボンに右手の中指が届いた瞬間、冷たく泥臭《どろくさ》い水面に叩きつけられた。


目を開けた瞬間、自分の口からゴホッと大量の泡が舞い上がった。薄暗い水中でもがいて、もがいて、なんとか水面に顔を出す。

大きく息をした。久々に肺が空気で満たされた。

瞬きをする。汚れた川の水が涙で洗い流され、視界が戻ってくる。頬にぽつりぽつりと雨粒が当たり、やっと自分が死んでいないと実感した。

橋の上から、エイジがこちらを見下ろしている。パトカーのサイレンが近づいてきて、エイジの金髪が徐々に赤く染まり出す。橋の上を自転車に乗った警察官が笛を吹きながら走り抜けていく。

自転車の警官からやや遅れて、南国カラーの軽バンがのそりのそりと橋の上で停まる。

「えっ、いや……ええっ？　何がどうしてこうなったのっ？」

後部座席から降りてきた智亜が、エイジと、ワゴン車と、川に浮かぶ丈太郎を見て、忙しなく口をパクパクさせる。南原は早々に警察に「どいてどいて！」と注意されていた。

「あ、雨、降っててよかったあ……」

普段の渋谷川は水量が少ないから、橋から飛び降りたら無事では済まなかったはずだ。雨のおかげで増水した川にたゆたいながら、文字通り天に感謝した。

自分の手が金メダルを摑んでいることを確かめて、丈太郎はゆっくり右腕を突き上げた。

「無事だぞ、金メダル」

濡れたのは勘弁な――そうつけ足そうとしたら、エイジが大きく息を吸った。

「ふざけんなっ！」

煮《に》えたぎるような瞳《ひとみ》で丈太郎を睨み、抱えていた一眼レフカメラを智亜に預けたと思ったら、そのまま欄干を飛び越える。

「えっ、ちょっと待って。待って待って待って！」

こちらを睨《ね》めつけたまま、エイジは丈太郎の上に落ちてきた。巨大な水しぶきを上げ、丈太郎の胸ぐらを摑み水中に引きずり込む。

川底に頭をぶつけた。泥臭い水に咽《む》せた。抵抗したら何故か頰を平手で叩かれた。

エイジは変わらず丈太郎を睨みつけている。濁《にご》った水の中でも、彼の瞳がうねるように光るのが見えた。

エイジの金髪を留《と》めていた赤いヘアピンが丈太郎の鼻先を掠《かす》め、暗い水の底に消えていく。

「なにっ、なに平然と飛び込んでんだよ！」

丈太郎を水面に引き摺り上げ、エイジはもう一度怒鳴った。

「あんた、ヒカリテラスのときもそうだ！　人があんたの心配をしてやってんのに、素知らぬ顔で映像は無事だメダルは無事だって！」

――おじさん、生きてる？　渋谷ヒカリテラスの噴水に頭から突っ込んだ丈太郎に、エイジがそう聞いてきたのを思い出した。

丈太郎が「ちゃんと撮れたよ」と答えたら、目を丸くして驚いたことも。

「あんたこそ、俺をなんだと思ってんだっ」

嘔吐《えづ》く丈太郎の頰に、雨粒なのかツバなのかわからない雫が飛んでくる。あまりの剣幕《けんまく》に咄嗟に「すんませんでした」と言ってしまいそうになって、寸前で呑み込む。

「……ず、図に乗るなっ」

握り締めていた金メダルを、エイジの眼前に突きつけた。濡れた首かけリボンが灰色に汚れていた。

「いいか、このメダルの価値を、俺はよく知ってる。俺が撮ってきたアスリートのほとんどが、喉から手が出るほどほしがっても手に入れられなかった。お前のメダルじゃなくたって、俺は飛び込んでる」

エイジは何も言い返してこなかった。金メダルの縁から雫が滴《したた》り落ちるのを、世にも奇妙な生き物を前にしたかのような目で、呆然と、見つめていた。

ははっ、と、笑い声が込み上げてしまった。

「俺のこと、『ちょっとやそっとじゃ死ななそう』って言ったの、お前だろ」

◈

「えー、めっちゃ古っ、まず映像が古い。ＣＧもショボすぎ」

『バック・トゥ・ザ・フューチャー』開始直後はそう言っていた智亜だが、徐々に「アインシュタインかわいい……」「えっ、マーティどうすんのっ？」「やだ、そういうこと？　そういうことだったの？」とのめり込んでいった。ついには「これで終わり？　続きは？」とテレビのリモコンを探し出す。配信サイトの画面にレコメンドされた続編を、すぐさま再生する。

ポップコーンを口に放り込みながら、丈太郎は勝ち誇った顔でそれを見ていた。

「おじさんが子供の頃の映画も結構面白いね」

「おじさんは昭和六十一年生まれだから『バック・トゥ・ザ・フューチャー』の時点ではまだ生まれてないからな」

「やっぱりテレビがカラーになったときって感動した？」

「だから、本気なのか冗談なのかわからない質問はやめろ。心臓がギュンってなるから」

智亜の甲高い笑い声がエイジの部屋のリビングに響く。ソファに寝転がったエイジは何も言わなかったが、続編が始まると大人しくテレビ画面に視線をやった。

結局、『バック・トゥ・ザ・フューチャー』三部作を全部観た。時刻は午前零時を回っていて、エンドロールが終わると同時に智亜はクッションを枕にして爆睡し始めた。

「金木犀寮に帰さなくていいのか？」

眠ったままの智亜を器用に背負って、エイジは寝室のドアを開ける。

「全部観終わるまで帰らないだろうなと思って、さっき寮の先生に電話しておいた」

「意外と緩いんだな、門限とか厳しいもんだと思ってた」

「厳しいよ。俺が一緒だから大目に見てもらえてるだけ。俺も怒られてばっかりだったし」

智亜を寝室のベッドに寝かせたエイジは、リビングに散らばったポップコーンのパッケージやデリバリーピザの箱を尻目《しりめ》に大きく伸びをした。エアコンを止め、窓を開ける。ほんのり湿っているが、ぎりぎり涼しいと思える風がベランダから吹き込んでくる。

「さすがに三本連続は疲れた」

「でも面白かっただろ」

「面白かったけどさあ」

天日干《てんぴぼ》しされる布団みたいにベランダにもたれかかったエイジの隣で、丈太郎も同じようにした。

「家族の物語なんだよね」

「『バック・トゥ・ザ・フューチャー』のことか？」

「そう、三部作どれもね。過去が変わったせいで現代の家族が壊《こわ》れそうになるのをなんとかしたり、ご先祖や自分の子供を助けようとしたり、みんな家族のために行動するんだ」

「なんだよ、また親がいないからピンとこない～とでも言うか？」

「いや、家族でもないのに川に飛び込めるおじさんが心底不気味だと思っただけ」

お前はまた……深々と溜め息をついて、丈太郎はエイジに向き直った。

「自分の元フィルマーのために大立ち回りした奴がどの口で言ってんだ。見るか？　バッチリ撮ってあるぞ」

宮益坂の宝石店強盗に始まり、渋谷駅東口の歩道橋を駆け上がって階段の手すりを滑り降りるエイジも、『バック・トゥ・ザ・フューチャー』よろしくスケボーに乗ったままワゴン車にしがみついて渋谷川にダイブする丈太郎も、見事に映像としてカメラに残っていた。

あまりに見事な記録だったから、渋谷署が貴重な証拠として押収したくらいだ。

「お前らに倣《なら》って名前をつけるなら、〈渋谷駅東口ボードスライド〉ってところだな」

人通りの多い渋谷駅周辺の騒動は大勢の目に触れ、スマホで雑に撮影された動画がＳＮＳや動画サイトに出回ってしまっている。

最初は迷惑スケーターとして炎上し、数時間後には宝石店強盗を捕まえたヒーローだと掌を返され、さらに数時間後には正体が大和エイジだと広まり、最終的にエイジの家から金メダルが盗まれたことまでがニュースになった。後輩カメラマンの篠田《しのだ》から「もう一回、大和エイジのインタビュー撮りましょうよ！」と連絡がきたが、無視している。

素人《しろうと》が撮った映像より、俺が撮ったものの方が絶対に格好いい。それだけは絶対の自信があるが、こうも大事《おおごと》になってしまったらエイジのパートに仲間入りできるかわからない。

だが――。

「おじさん、結構嬉しそうだよね。いい映像が撮れたから」

「そりゃあ、そうだ。広翔の逮捕はショックだが、正直に言うと、すごいものが撮れた興奮の方が勝《まさ》ってる。たとえ世に出せなかったとしても、な」

宝石店を襲った五人組は、全員逮捕された。橋の欄干に突っ込んだ割には二人が打ち身になったくらいで、後部座席にいた広翔も無傷だった。

「広翔、どうなると思う？」

「稼《かせ》ぎのいいバイトがあるって学校の先輩に誘われて、行ってみたら闇バイトだったんだろ？不起訴《ふきそ》処分か執行猶予《しっこうゆうよ》くらいはつけてもらえるんじゃないのか？」

高額な撮影機材と編集ソフトを買いたいからと割のいいバイトに食いついたら、振り込め詐《さ》欺《ぎ》の受け子だった。紹介してくれた先輩を信頼していたから、バイトに応募した段階で身分証のコピー、自宅の住所、両親の名前と勤務先まで相手に渡してしまった。

やめたいと言ったバイト仲間が、顔の見えない指示役から「お前の実家に行く」「親の職場に行く」と脅《おど》されるのを見て、ずるずると受け子を繰り返してしまった。

振り込め詐欺の受け子をしろという指示は、いつの間にか空き巣や強盗の指示に変わる。最初は世田谷の資産家宅に宅配業者を装って強盗に入るというものだった。広翔は運転役を任されたが、逃亡の際の運転が慎重すぎて使えないと一回で降ろされた。

浅薄《せんぱく》な犯行計画に、杜撰なやり口。いつか絶対に捕まると思った。指示を出す人間にとって、自分達はそのうち切り捨てる予定のトカゲの尻尾《しっぽ》なのだと。

次のターゲットが、エイジの家だった。東京オリンピックの金メダリストが友人であることが仲間の口から指示役にばれて、留守を狙って空き巣に入ることになってしまった。

エスカレートするバイト内容に怖じ気づく広翔に対し、実行役のリーダーは「持ってる奴から奪うだけ良心的だ」と積極果敢に犯行計画を立てる人間だった。そのくせ、浅はかなプランに何の疑問も抱かないほど短絡的《たんらくてき》だった。屋上からロープで侵入するのを「危ないからやめた方が……」と進言した広翔は、左頬を思いきり引っぱたかれたらしい。

あの夜エイジと会ったのも、彼が朝方まで家に帰らないことを確定させるためだった。その場でエイジに「助けてほしい」と言いたかったけれど、どうしても言えなかった。

広翔の仕事はそれだけのはずだったのに、スケボーパークから戻ったらリーダーに「お前も来るに決まってんだろ」と無理矢理ワゴン車に乗せられた。

エイジの家に侵入したリーダーの男は、「金メダルを探せ。高く売れそうだから持っていく」と言い出した。広翔は咄嗟に金メダルを懐《ふところ》に忍ばせ、「エイジはアレを大事に持ち歩いてるから、ここにはない」と嘘をつき通した。

代わりに、ベランダに丈太郎の名刺を落としていった。エイジがいない隙《すき》を狙った犯行であることと、名刺を渡すときに丈太郎が「名刺なんて久々に渡すな」と呟いたのを思い出し、自分が関わっているとエイジか丈太郎が気づいてくれるのではないかと考えた。

真実を打ち明けるのが怖いくせに、ＳＯＳだけは出した。卑怯《ひきょう》なことをした。広翔はそう言っているのだとか。

渋谷署の刑事と、宇田川交番の笹森から聞いた話を総括すると、こういう筋書きになる。逮捕された実行役の五人は広翔含め全員が二十代だったという。「全員の証言が一致しているから、ことの顚末《てんまつ》はほぼ間違いないでしょーねー」と、笹森は今日の午後にトロピックで冷えた麦茶を呷っていた。

少し言葉を交わしただけの広翔の母親、顔すら知らない父親がどれほど衝撃を受けているか。そんなことを丈太郎は考えてしまう。

「元フィルマーの逮捕がショックか？」

エイジはすぐには答えなかった。ベランダの手すりに頰杖をついたまま、だいぶたってからぽつりと「そりゃあね」と頷く。

「どう見ても怪しいバイトになんで手を出したのって呆れてるし、そんなヤバいことになってるなら早く言えよって怒ってるし、挙げ句の果てに逮捕とか、何やってんだよって話」

「まあ、そんなもんよ。どれだけ親しくても、結局は他人だから。言えないことも、理解できないことも、たくさんある」

丈太郎の暴力騒動だって、きっと周囲の人間には「何やってんだよ」と思われている。知り合いどころか、家族であった冴恵《さえ》や結衣にも。

「それに、どうしようもないピンチだからこそ、お前に相談できなかったのかも」

「俺が金メダリストだから？」

じろりと、エイジがこちらを睨んでくる。

「どうだろうな、それもあるかもしれない。親しかった人間だからこそ、本当に困ったときに相談できない場合もあるだろ」

エイジの表情は晴れなかった。マンションの前をタクシーがゆるゆると通り過ぎていくのを、黙って見ている。風がちょっと強めに吹いて、金色の前髪にエイジの目元が隠れた。

「でも、こうも考えられないか？　広翔はお前に闇バイトのことを相談できなかったけど、お前が金メダルを大事にしてることを、ちゃんとわかってた。だから金メダルが他の奴の手に渡らないように守った。自分に何かあってもお前に金メダルが戻るように、部屋に置いていった」

「何が言いたいの？」

「お前らはちゃんと友達だったし、今もちゃんと友達だってことだ。それに、笹森さんも言ってただろ。長谷川広翔が、警察でお前に謝ってばかりいるって」

事件後にトロピックにやって来た笹森は、広翔からエイジへの伝言を携《たずさ》えていた。笹森はいつもの気のいいお兄さんの顔を引っ込め、淡々とした表情でエイジにこう伝えた。

――君が来てくれたとき嬉しかった。君に怪我がなくてよかった。君の金メダルが無事で本当によかった。

それを聞いたエイジは無表情のまま、いつも通り店のソファに寝転がっていた。

「友達なら、相談の一つでもするもんじゃないの？」

「なんでも相談しないと友達でいられないってわけじゃないだろ。ホント、若者ってのはこういうときに融通《ゆうずう》が利《き》かなくて面倒だよな」

丈太郎に面と向かって「お前は面倒だ」と言われるなんて思ってなかったのか、顔を上げたエイジが息を呑んだ。

その顔に、丈太郎はこの数日抱えていた疑問を投げかけた。

「お前にとって金メダルはなんなんだ」

アスリートは、意外とメダルやトロフィーに頓着《とんちゃく》しない。勝った、記録を出した。その事実が大事なのであって、結果として与えられるメダルに大きな価値を見出さないことが多い。メダルは押し入れの奥で埃《ほこり》を被っている～なんて話もよく聞く。

「別に、メダルなんてなくなっても、盗まれても、どうでもいいんだよ」

丈太郎から静かに視線を逸《そ》らし、エイジは言う。「おう、だろうよ」と続きを促した。

「ただ――」

「ただ？」

エイジが言葉を失い、後頭部を鬱陶しそうにガリガリと掻いた。わずらわしいものを見るように丈太郎を睨んで、観念したとばかりに肩を落とす。

「どこにいるのかもわかんないけどさ、親が見たら、喜ぶかなと思ってるんだ」

だから、なくなったら困るんだ。そう言いたげに鼻を鳴らすエイジに、丈太郎は眉を寄せた。

「なあ、お前、オリンピックに出たのは、ストリートで滑り続けるためだって言ったよな」

――俺がオリンピックに出たのはね、金メダルを獲れば、俺達が街で滑るのを、もう少し許してもらえるようになるかなって思ったからだ。

以前、エイジは丈太郎にそう打ち明けた。

「本当に、それだけか」

声が擦れてしまった。

「お前、オリンピックに出たら親が名乗り出るかもしれないって、期待してたんじゃないのか」

エイジは答えなかった。丈太郎の目を見ないまま、腰に手をやって空を仰《あお》いだ。その無言が、丈太郎の問いかけを鮮やかに肯定していた。

「……おじさんって、なんでこういうときだけ勘がいいわけ」

不機嫌《ふきげん》そうにもう一度鼻を鳴らし、エイジは鋭い視線を投げて寄こす。無理矢理爪を切られる猫みたいな顔だった。

でも、観念したように頬から力を抜く。初対面のときの生意気な金メダリスト様という印象が、丈太郎の中で緩やかに溶けていく。

「貧乏だったとか邪魔だったとか、施設に預けた理由がなんだったとしても、自分の子供が金メダルを獲ったら、気分がよくなって俺の前に現れるんじゃないかと思った。オリンピックが終わってもその気配がないから、テレビの取材もたくさん受けたしＣＭも出た」

「でも、お前の親は名乗り出なかった」

「俺さ、三歳で金木犀寮に預けられたんだけど、その前の親との記憶を全然覚えてないの。夏の夜、金木犀寮の正門の前で、男の人に『ここでちょっと待ってて』って言われてるのが、俺が持ってる一番古い記憶」

週刊誌で読んだエイジの生い立ちを思い出す。

施設に預けられたときに「ヤマトエイジ、三さい」と名乗ったから、名前が「大和エイジ」になった。施設に来た八月八日が誕生日になった。

スケートボードを始めたのは五歳。国内の大会やコンテストで実績を積み、世界大会で優勝して、オリンピック日本代表になった。

「お前を置いていった男の顔、覚えてるのか？」

「三歳のときだよ？　覚えてるわけないじゃん。赤いキャップ被ってたことくらいしか記憶に残ってない」

「赤いキャップ……」

エイジのメダルやトロフィーの飾られたシェルフに、古びた赤いキャップがあったのを思い出した。自分の部屋に空き巣が入ったと知ったとき、彼が床に落ちたキャップにそっと手を伸ばしたのも。

「俺もさ、施設に置いてかれたときに子供用の赤いキャップ被ってたから、多分、お揃いで被ってたんだと思う」

「なんだよ、じゃあお前、律儀《りちぎ》に待ってたわけか」

ここでちょっと待ってて。そう言って去っていった親が自分を見つけられるようにスケートボードの大会に出て、オリンピックにまで辿《たど》り着いた。

「親は名乗り出ないし、相変わらずストリートで滑ってると社会のゴミみたいな目で見られるし、挙げ句の果てにフィルマーは『俺じゃあお前を格好よく撮れない』なんて言い出して離れていくし、何もいいことないよね」

「前にも言っただろ。アスリートってのは、上りつめれば上りつめるほど孤独になっていくんだよ」

上りつめる理由が何であれ、頂《いただき》に立ってしまったら、そこはとても狭いのだ。仲のよかったお友達が何人も立つスペースなどない。

「でも、俺達カメラマンはしつこいぞ」

腕を組んで、胸を張って、エイジを見下ろす。胡散臭《うさんくさ》そうな目で彼は丈太郎を見上げた。

「お前らの金メダルや日本新を撮るためなら雨だろうと雪だろうと何時間だってカメラを構えるし、負けたときもスランプのときも撮る。全盛期の力が出せなくなって、怪我をして、世間に『あいつはもう終わった』って言われながらボロボロになって引退していくその日も撮る。どこまでだって撮りに行くんだよ」

「うわ、気持ち悪い。重い、被写体に対する感情が重すぎる」

「スポーツカメラマンとはそういう生き物だ。諦めろ」

げえっ、と顔を顰めつつも、次の瞬間にはエイジは呆れ顔で笑っていた。「まあ、おじさんは『俺じゃあお前を格好よく撮れない』なんて死んでも言わなそうだけど」と肩を揺らしながら、リビングに戻っていく。

照明を落として、そのままソファに寝転がった。

「お前もこっちで寝るの」

「トモね、寝相がすごいんだよ。一緒に寝たらボコボコにされるよ。おじさんも適当にどうぞ」

当然という顔で床を指さしたエイジの足を蹴飛ばし、丈太郎はクッションを抱えてカーペットに寝転がった。

ソファで体を丸くするエイジの寝息を聞きながら、近くのシェルフに視線をやった。暗がりにキャップが見える。立派なトロフィーを帽子掛け扱いする、古びたキャップ。有名スポーツブランドのロゴが入ったそれは、よく見れば確かに子供用だった。

お揃いのキャップを被っていたという男は、やはりエイジの父親なのだろう。

大和エイジの名前が金メダリストとして世界中に広まってなお、名乗り出ない。それはつまり……名乗り出られない理由があるのではないのか。

例えば、死んでいるとか。病《やまい》で外を出歩けないとか。罪を犯して刑務所にいるとか。

寝入る直前、そんな嫌な想像をした。

関東近郊で頻発していた強盗事件の指示役とされる男が逮捕されたのは、それから一週間後──パリオリンピックまであと二週間！　というニュースを見かけるようになった頃だった。

第四話

井の頭線01チェイサー

「いやあ、元旦那がプー太郎の与太郎《よたろう》になってどうしたもんかと思ってたけど、いいネタを次々持ってきてくれて私は編集部でも鼻高々よ」

氷がぎっしり詰まったアイスコーヒーを酒でも飲むみたいにグビグビと飲み下して、元妻・冴恵《さえ》は高笑いしながら丈太郎《じょうたろう》の肩を三度叩《たた》いた。冷房で店内がキンキンに冷えているせいか、冴恵の声がいつもより高く弾《はず》んで聞こえる。

東京オリンピックの金メダリストの自宅から盗まれたメダル、渋谷《しぶや》で発生した宝石店強盗、大和《やまと》エイジの渋谷駅東口での大立ち回り。そのすべてを記録していたカメラマンがいたとなれば、冴恵じゃなくても褒《ほ》め称《たた》えるだろう。

連続強盗事件の指示役が捕まったこともあって、冴恵のいる週刊現実は大々的な特集を組んだ。誌面を飾《かざ》る写真はすべて、丈太郎が撮《と》った映像から切り出したものだった。臨場感《りんじょうかん》たっぷりの写真と共に事件のことを伝えたメディアは、週刊現実しかない。

相場の倍払うからデータを寄こせと冴恵に胸ぐらを摑《つか》まれ、エイジに深々と頭を下げる羽目になった。「おじさん、今、無職だもんね」と頭の悪い飼い犬を見るような目で笑った彼を、丈太郎は生涯《しょうがい》忘れないだろう。

だが、本当にいいところの――最高に輝《かがや》かしい瞬間のデータは渡さなかった。

歩道橋の手すりを滑《すべ》り降りるエイジの姿はもちろん、彼の指先から散った雨粒の一つにいたるまで、そう易々《やすやす》と世に出すわけにはいかないのだ。

「あんた、いっそのことこのまま事件カメラマンに転身したら？」

「嫌だね。今回は元妻の頼みだから仕方なくだ」

「うわ出た、意地っ張り。養育費を毎月せっせとちょっと多めに振り込んでくれるのはありがたいけど、そのせいであんたが飢《う》え死にしないか心配よ」

「で、結衣《ゆい》は元気なのか、結衣は」

自分のアイスコーヒーをストローでガリガリ掻《か》き回しながら、今日の本題に入る。自分の撮った写真が載った週刊現実を受け取るついでに冴恵と会うのも、一人娘の近況が聞きたいからに他ならない。

「元気よ。学校でプールの授業が始まったから、少し日に焼けたかな」

「ほら、この前、クラス替えで友達と離れたとかなんとかって言ってただろ」

「大丈夫じゃない？　最近はその話も全然しないし、学校にも毎日ちゃんと行ってるし」

おいおい、本当に大丈夫かよ……言いかけて、呑《の》み込む。口論の気配がした。

「ああ、そうそう、結衣からの伝言なんだけど、『もうすぐ夏休みだから、かき氷を食べに連れてって』だって。この前テレビでやってたパンダエスプーマのかき氷がいいみたいよ」

「……いいのか？」

冴恵の指図でなく本当に結衣からの伝言なら、実の娘に猛烈《もうれつ》に気を使われている予感がする。

「あんたが思ってるよりは、結衣はあんたの事情を理解してるんじゃないかな」

「テレビ中継されてる最中に父親が赤の他人に渾身《こんしん》の右ストレートをお見舞いする事情を？」

「多分ね、多分」

腕時計を確認した冴恵は、「戻るわ」とアイスコーヒーを飲み干して席を立った。

「またいいネタよろしく」

手にした伝票をこれ見よがしに振って、足取り軽く会計をして店を出ていった。

彼女がカフェの目の前の横断歩道を渡り、週刊現実の編集部のあるビルに入っていくのを見届けて、丈太郎は自分のグラスを空にした。氷が溶けて、歯にまとわりつくような薄い苦味のコーヒーになっていた。

「大体なんだ、パンダエスプーマって」

大きく伸びをして、店を出る。強い日差しと高い湿度に呻《うめ》きながら駅に向かい、渋谷行きの地下鉄に乗った。今日は午後からトロピックでウェブサイト用の新商品撮影というカメラマンらしい仕事が入っている。

南原《なんばら》の息子・柚季《ゆずき》と出くわしたのは、渋谷駅を出てスクランブル交差点を渡りきったところだった。

「なあ、パンダエスプーマってなんだ?」

「え、なんですかそれ」

夏用の制服を暑苦しそうにきっちり着込んだ柚季が、「パンダを泡状にするって残酷《ざんこく》じゃないですか?」と眉《まゆ》を寄せる。どこへ行くのか確認し合うこともなく、丈太郎は柚季とトロピックに向かって公園通りを歩いていった。

「だよな。残酷だよな」

「エスプーマしてどうするんですか？」

「かき氷にかけるらしいぞ」

「もっと残酷じゃないですか」

智亜《ともあ》と一学年しか違わないはずなのに、この子と話していると妙に安心するのは何故《なぜ》だ。俺《おれ》が知らないことをちゃんと知らない中学生がいるだけでホッとする。

「世の中、不可思議なことだらけだよ」

本当ですね、と両腕を組む柚季に、堪《たま》らず「お前はいい子だな」と丈太郎は深々と頷《うなず》いた。

これがエイジか智亜だったら「パンダエスプーマも知らないの？」とゴミを見るような顔をされるに違いない。

「あー、不可思議なことといえば」

通学用のリュックを背負い直しながら、柚季が視線を泳がす。

「糸井《いとい》君達から昨日聞いたんですけど」

「誰だ糸井君って」

「エイジ君の動画が炎上したときに、ミヤモトパークで与野《よの》さんに絡んでた三人組です」

ああ、あのニット帽の……。言いかけたところで、柚季があまりに怪訝《けげん》な表情をするものだから、丈太郎は釣《つ》られて眉を寄せた。

「エイジ君のことを探してるホームレスがいるらしいんですよ」

「ホームレス？」

「スケボーを持って歩いてたら、エイジ君の写真が載ってる雑誌を持った見るからにホームレスって感じのおじさんに、『大和エイジって子と知り合いじゃないか？』って話しかけられたらしいですよ。糸井君以外にも声をかけられたことがある人が何人かいるみたいで」

そのホームレスとやらの背格好《せかっこう》が誰に聞いても同じだから、「渋谷にエイジのことを嗅《か》ぎ回っているホームレスがいる」と噂《うわさ》になりつつあるらしい。

「そのホームレスってのは、どうしてエイジを探してるんだ」

「さあ、怪しいから糸井君達も『大和エイジなんて知らない』で押し通したらしいです。『似てる子の情報でもいいんだ』とか『本当は知ってるんじゃないのか』とか、必死な感じで怖かったって」

「熱狂的なファンとか」

「東京オリンピックの頃はそういう厄介《やっかい》なファンがストーカーっぽいことをしてましたけど、最近は全然ないですよ。しかもそういうのって若い女の人ばっかりだったし」

ホームレスは五十代くらいの男だという。だが、若者の言う五十代は当てにならない。彼らの〈おじさん年齢判定〉はザルだ。ホームレスなら身なりによっては年齢不詳の場合もある。

「次から次へと妙なことが起こるな」

西武《せいぶ》渋谷、渋谷マルイ、渋谷モディ、タワーレコードが並び建つ賑《にぎ》やかな通りを抜け、ＪＲの線路沿いをしばらく歩くとトロピックに着く。十数分の道のりだったのに、丈太郎も柚季も額《ひたい》にじっとり汗を掻いていた。

　塾の夏期講習がもうすぐ始まるんだと店のソファで参考書を広げた柚季の横で、丈太郎はトロピックのウェブサイトに載せる新商品の写真を撮った。白いバックペーパーを敷き、淡々と新商品を物撮《ぶつど》りしていく。無職の丈太郎を案じて、柚季の父・南原が仕事を回して……いや、作ってくれた。

「こう暑いとお客さんも来なくてねえ〜」

　店の奥から麦茶の入ったグラスを運んできた南原は、パイナップルのヘタみたいな緑色の髪をパイナップルのヘタみたいに一つに括《くく》っていて、もはや限りなくパイナップルだった。

　入荷したばかりのデッキ、ウィール、シューズやTシャツを一つ一つ物撮りしながら、合間に柚季から聞いたホームレスのことを考えた。

　乾いたシャッター音が重なるたび、妙な予感がした。肩胛骨《けんこうこつ》のあたりを冷たい手に撫《な》でられるような、どちらかというと嫌な予感だった。

◈

「あいつを見てると、妻の実家で飼ってた猫を思い出すときがあるよ」

「え、離婚したんだから元妻でしょ？」

　通行人が来ないか周囲を見回しながら、当然という顔で智亜は言った。地面に屈《かが》み込んだまま、丈太郎は小さく呻いた。

すぐ側の自販機がそれに合わせてブーンと鳴る。横にあるゴミ箱が、空き缶やペットボトル、明らかに自販機で買ったものではないチルドカップであふれ返っていた。ゴミ箱の蓋《ふた》の上にクラフトビールの細長い小瓶《こびん》まで放置してある。

「……中学生がおじさんの揚《あ》げ足を取るんじゃないよ」

「だって本当のことじゃん」

いひひっと笑った智亜は、車止めのポールに腰掛けて「それで？」と離れたところにいるエイジの背中に視線をやった。

「エイジ君がどうしておじさんの元奥さんの実家の猫なの？」

渋谷ヒカリテラスの裏手、関係車輌の搬入口の側にたたずんだエイジは、植え込みを囲う縁石と、その先にあるたった数段の階段の手すりをじっと見ている。

「立派なキャットツリーを買ったのに、それが入ってた段ボール箱の方を気に入って離れなくなったって、お義母《かあ》さんが困ってた。あとびっくりするくらい俺に懐《なつ》かなかった」

正確には、丈太郎を馬鹿《ばか》にしていた。名前を呼んでもエサを持って手招きしても、棚の上から「人間がなんか言ってらぁ」という顔でただ見下ろすだけの、オスの茶トラの猫だった。

「街角の縁石やら階段やらが気に入っちゃって離れなくなるの、ホント、一緒だよ」

「あ、それはちょっと言えてるかも」

こいつらにとっては目の前の渋谷ヒカリテラスより、花壇《かだん》の縁石と数段の階段の方が遥《はる》かに楽しい遊び場なのだ。キャットツリーを横目に段ボール箱で丸くなっていた猫と一緒だ。

ビルに囲まれた路地に、カンと鋭く乾いた音が響いた。エイジがスケートボードを石畳《いしだたみ》の上に置き、右足をのせる。丈太郎はカメラを手に「よっこらしょ」と腰を上げた。隣から「うわ、よっこらしょって言った」と声が飛んでくる。

カメラの電源を入れながらスケボーでゆるゆると近づいてきた丈太郎を一瞥《いちべつ》し、エイジは何も言わず地面を蹴《け》った。カメラを構えてそれに続いた。

地面すれすれの位置にカメラをキープし、エイジを仰《あお》ぎ見る。彼が短く息を吸うのに合わせ、丈太郎も息を止めた。

正面から花壇の縁石にエントリーしたエイジは、デッキの後ろ側《テール》のウィールを浮かせたまま器用に滑走《かっそう》し、踊《おど》るように石畳に着地する。フロントサイドノーズグラインド――馴染《なじ》みのなかったはずのトリックの名前が、生唾《なまつば》になってあふれてくる。

息つく間もなく、エイジは階段の手すりに向かって加速する。ヒールフリップでデッキを裏表回転させながら、手すりに正面から飛び乗った。

丈太郎は階段横のスロープに素早く回り込んで、エイジを真横から捉えた。難易度の高い技をさらりとこなす横顔がニヤリと笑うのを、丈太郎は見逃さなかった。

先端側《ノーズ》のウィールとデッキを繋《つな》ぐ金具《トラック》を手すりに引っかけ、滑り降りる。しかも体を百八十度反転させ、後ろ向きに着地してみせる。ピザにあれもこれもとトッピングを追加するみたいに、無邪気《むじゃき》にトリックの難易度を上げる。

「撮れた？」

小さくガッツポーズをし、誇らしげに胸を張ってエイジが聞いてくる。

「当然だ」

「せっかく一発でメイクしたんだから、ちゃんと撮ってなきゃ困るよ。さあ、セキュリティが来る前にずらかろう」

智亜を手招きしながら「とりあえず暑いからコンビニでアイス買おう」と宮益坂《みやますざか》の方へ歩き出したエイジを横目に、丈太郎はその場で映像を確認した。

フロントサイドノーズグラインドからの華麗《かれい》な着地、ヒールフリップしながらのフロントサイドKグラインド。デッキ裏のトラックを擦《こす》らせて滑走する疾走感《しっそうかん》が、真夏の湿った夜の空気と共に伝わってくる。

カメラの液晶画面の中でエイジがガッツポーズするのに合わせ、丈太郎も小さく右手を握り込んだ。

「おじさん、今の見せて」

駆《か》け寄ってきた智亜がカメラを覗《のぞ》き込もうと背伸びするから、首からストラップを外し、屈んで画面を見せてやる。

「うわ、すごい。この角度すごく格好いい」

「トモもようやく俺の仕事がわかるようになってきたか」

撮影データでいっぱいになったSDカードを取り替えながら、鼻高々に智亜を見る。

「いや、格好いいのはおじさんじゃなくて」

エイジ君のおかげでしょ――そう言いたげに丈太郎を見上げた智亜の生意気な顔が、唐突《とうとつ》に引き攣《つ》る。

「え？」

彼女の擦《かす》れ声に釣られ、丈太郎はゆっくり背後を振り返った。

目の前に男の影があった。街灯が逆光になって顔が見えない。見えないが、丈太郎と智亜に向かって何かを振り上げたのがはっきりわかった。

男の手に握《にぎ》られた細長い何かがガラス瓶だと気づいて、咄嗟《とっさ》に智亜の背中を押した。

「トモ、逃げろっ」

直後、男が振り下ろしたガラス瓶が丈太郎のこめかみを掠《かす》めた。右肩に鈍《にぶ》い衝撃が走り、ガラスの砕《くだ》ける湿った音と鋭い熱が頰《ほお》を刺《さ》した。

殴《なぐ》られたと気づいたときには、石畳に顔を打ちつけていた。スケートボードがどこかへ飛んでいく。カメラは、カメラは無事か。確認しようとしたこちらを嘲笑《あざわら》うように、男が丈太郎の手からカメラを奪《うば》い取っていった。

「待て……！」

丈太郎の叫《さけ》び声を遮《さえぎ》って、智亜が男に飛びかかった。「返せっ」と怒鳴《どな》りながら、カメラにしがみつく。

「返してよ！」

甲高《かんだか》い怒鳴り声を上げた智亜を、男が振り払う。カメラを胸に抱《だ》き締めたまま歩道に投げ出された智亜の小さな背中を、丈太郎はなんとか受け止めた。コンクリートに後頭部を打ちつけて瞼《まぶた》の裏を星が飛んだ。

丈太郎のスケートボードに飛び乗った男は、駅の方へ向かって坂を下る。最初はぎこちなくバランスを取っていたが、スピードに乗るとそのまま勢いよく進んでいく。

おいっ！　と叫ぼうとしたのに、喉《のど》が詰まって声にならない。

「おじさん、トモ、生きてるっ？」

駆け寄ってきたエイジは智亜と丈太郎の顔を確認し、そのままスケボーに飛び乗った。逃げた男とは比べものにならない鋭さで、坂を滑り降りる。

「トモ、大丈夫か？」

丈太郎の胸を枕にしてひっくり返った智亜が「だ、大丈夫」と答えたとき、坂の下から「危ない！」とエイジの声が飛んできた。

息を呑んだ。

丈太郎を殴った男がスケボーに乗って駅前通りへ出た瞬間、通行人とぶつかった。衝突の勢いのまま男は前のめりにスケボーから飛び降り、通行人は側の花壇に倒れ込む。

花壇の縁《ふち》に頭をぶつけて、動かなくなった。

倒れた通行人に躓《つまず》くようにしてエイジが止まる。肩を揺《ゆ》すろうと手を伸ばした彼に向かって、丈太郎は「やめろ！」と叫んだ。

「頭打ってる、動かすな！」

智亜を抱き起こし、カメラを抱《かか》えたまま俯《うつむ》く彼女に「ここにいろ」と念押しして、倒れた通行人に駆け寄る。

「おいおい……マジかよ」

倒れた通行人の顔を覗き込むと、五十代くらいの男だった。肌が煤《すす》けたように黒くて、服もどこか……墨《すみ》を被ったように黒ずんでいる。丈《たけ》の合っていないズボンの裾《すそ》が折られている。履《は》いているスニーカーも、元は白色のはずなのに汚れて真っ黒だ。

一目で、ホームレスだとわかった。

出血している様子はない。ないのに、ぴくりとも動かない。

「救急車、呼ぶぞ」

ポケットからスマホを引っ張り出した。鼻血がどろっと口の中に入ってきて、慌てて口元を拭《ぬぐ》う。いつの間にか鼻血が顔を真っ赤にしていた。ガラス瓶の破片で切れたのか、頬にも切り傷が一本できている。

「……逃げられた」

一一九番のオペレーターに状況を伝える丈太郎の横で、エイジが苦々しげに、絞《しぼ》り出す。

丈太郎を殴り、ホームレスを突き飛ばした男の姿はどこにもなかった。男が奪った丈太郎のスケートボードが、歩道の端《はし》でひっくり返っている。

「おじさん、ごめん」

電話を終えた丈太郎に、カメラを抱えた智亜が力なく近寄ってきた。語尾が上擦《うわず》って震えたのを、丈太郎は聞き逃さなかった。

「どうした、やっぱりどっか怪我《けが》してたか？　痛いところあるか？」

智亜が首を横に振る。眉をぎゅっと寄せて、「ごめん」と繰《く》り返した。カメラ、倒れたホームレス、丈太郎、そしてエイジを順繰《じゅんぐ》りに見て、困惑した様子で喉を震わせる。

「倒れたとき、カメラのレンズ、地面にぶつけた」

差し出された一眼レフの魚眼《ぎょがん》レンズには、暗がりでもわかるほど太い縦線が二本走っていた。ああ……と声が漏《も》れそうになって、慌てて呑み込む。

深夜とはいえ、駅前を歩いていた人々が周囲に集まり出した。ひそひそ、ざわざわ、がやがやと、徐々に騒がしくなってくる。

丈太郎は静かに智亜からカメラを受け取った。レンズを確認し、小さく二度頷く。

「大丈夫だ。これ、レンズを守るフィルターが割れただけだから。レンズ本体は無事だ」

「本当？」

いつもの小生意気な態度はどこへやら、突《つつ》いたら泣きそうな顔で智亜は丈太郎を見る。

「ああ、平気、平気。レンズって、意外と壊《こわ》れないようにできてんだよ。フィルター交換すればまた使えるから、大丈夫」

安心しろ、と智亜の顔を覗き込むと、また鼻血が口の中に入ってきた。口元を拭ったら、エイジのトリックの映像が収められたＳＤカードを握り締めたままだった。とにかく、これが無事でよかった。

そのとき、ホームレスが背負っているリュックから、雑誌が飛び出しているのに気づいた。丈太郎もよく知るスポーツ雑誌だった。表紙を確認して、咄嗟にリュックの中に押し戻した。

エイジはぶつかり男が走り去った方向を睨《にら》みつけたままだ。智亜はまだ申し訳なさそうな顔をして俯いている。二人とも気づいてないようだと、ほっと胸を撫で下ろす。

ホームレスが持っていたのは、三年前の——東京オリンピックの特集号だった。

表紙を飾るのは、お得意のバックサイド180キックフリップをオリンピックの舞台で決める、大和エイジだった。

❖

パリオリンピックに出場する日本選手団が続々と日本を出発しているというニュースに続いてテレビ画面に映ったのは、見覚えのある渋谷駅前の風景だった。

「うわ、またやってるぅ！」

げっ、と顔を顰《しか》め、テレビのリモコンを握り締めたまま南原がカウンターに頬杖《ほおづえ》をつく。

スマホで撮影された縦長の映像には、渋谷ヒカリテラス前の歩道が映っている。花壇の側に倒れ込んで動かない男、そこに駆け寄るスケートボードを抱えた金髪の少年と、全身黒ずくめの男。全員の顔にモザイクがかかっている。

『渋谷駅前でホームレスの男性がスケートボードに乗った男と衝突して意識不明の重体となっている事件で――』

ワイドショーの派手なセットをバックに、司会者が事件の概要を解説し始める。

渋谷ヒカリテラス側の路地でひったくりが発生し、スケートボードに乗って逃走した男が側を歩いていたホームレスの男性に衝突した。五十代のホームレスは意識不明の重体。犯人の行《ゆく》方《え》はわからない。

「もう、ちゃんと説明しないとエイジが事故を起こしみたいに見えるじゃーん」

緑色に染めた髪を掻き上げながらぼやく南原に、丈太郎は「ホントっすね」とカウンターに突っ伏した。

深夜の渋谷で、スケボーに乗ったひったくり犯がホームレスと衝突事故を起こして逃げた。言葉にすると簡単だが、目撃者が撮影した動画にはスケボーを持った金髪の少年が映っているから、まるでこの少年が犯人かのように見えてしまう。

動画はSNSにも投稿されていて、そちらはモザイクがかかっていない。動画が投稿されてものの数時間で、映っているのが東京オリンピックの金メダリストである大和エイジだと知れ渡ってしまった。

救急車が到着する直前、エイジに「トモを連れてさっさと逃げろ」と耳打ちした。二人とも大人しく帰ってくれてひと安心と思っていたのだが、あんなにはっきり大和エイジとわかる動画を撮られていたとは。

「暴言騒動に、金メダルの盗難と大捕り物、それにコレ。とんだお騒がせメダリストだな」

テレビを指さし、背後のソファに寝転がったエイジを見る。自分の家かのような顔でストリートマガジンを読んでいた彼は不機嫌《ふきげん》そうに「なに？」と丈太郎を見上げた。

「一ヶ月弱で何件騒動に巻き込まれてんだって話」

「俺のせいじゃないよ。大体、最初に巻き込まれたのはおじさんでしょ」

丈太郎の頰に貼《は》られた絆創膏《ばんそうこう》を顎《あご》でしゃくり、エイジは眉を寄せる。

「おう、おかげさまで腕が肩から上に行かねえよ」

ホームレスが救急隊に運ばれていく中、鼻や頰から血をだらだら流す丈太郎も一緒に救急車に放り込まれた。

救急車の中で隊員に「この人の名前わかりますか？」と問いかけられ、ホームレスの荷物を漁《あさ》って運転免許証を発掘した。有効期限がとっくに切れていたが、男の名前が小森雅徳《こもりまさのり》で、年齢が五十四だとわかった。

広尾《ひろお》の大学病院に運び込まれたホームレスは、意識不明のまま今も入院している。丈太郎は頰に絆創膏を貼られ鼻にガーゼを突っ込まれ、青痣《あおあざ》になった肩を医師に「はい、骨も折れてないし筋も大丈夫」と診断され、病院のロビーで警察の事情聴取を受けてから帰された。

それが、一昨日《おととい》のことだ。肩の痛みが和らぐのに比例して、渋谷のぶつかりスケーター事件のニュースを目にする機会が増えた。

『渋谷にいるよね、迷惑なスケーター。僕にはわかるよ、この犯人もそういうのの仲間に違いないね。さっさと自首するべきだよ』

着物姿の色黒の男性コメンテーターが忙《せわ》しない口調《くちょう》で捲《まく》し立てる。ご意見番のあだ名を持つ有名人だった。今こそ腕の見せ所だと言いたげに目を爛々《らんらん》と輝かせている。獲物を見つけた猛禽類《もうきんるい》を思わせた。

『パリオリンピックに向けて日本人のスケートボード選手が頑張ってるわけでしょ？　こーゆーのがいるとさ、スケートボードのイメージが悪くなるよね。頑張ってる選手の足を引っ張るんじゃないよっ』

最後の一言は、カメラに向けて人差し指を突《つ》きつけてコメントした。このコメンテーターはいつもこうだ。スマホを弄《いじ》りながら見ている視聴者にとってはこれがわかりやすくて、適度に「そうだそうだ」と同調できて、ちょうどいいに違いない。

「ネットも大荒れだねえ。暴言動画のときも酷《ひど》かったけど、今回は怪我人が出てるから余計だ」

スマホ片手にぼやく南原だったが、すぐにスマホをカウンターに置いた。見たくない記事やらポストやらが目に入ってしまったのだろう。

「トロピックの客足に影響はないんですか？」

「直接はないんだけど、お問い合わせ窓口に『〈ALL《オール》 AGES《エイジズ》〉の取り扱いをやめろ！』ってメッセージが来たり、来てなかったり、来てたり……」

「えっ、何それ、気持ち悪い」

エイジが割って入ってくる。忌々《いまいま》しげに読んでいた雑誌をテーブルに放り投げた。

「俺がぶつかりスケーターだって勘違いしてるってこと？」

「そうそう、ニュースはちゃんと読まないのに、〈ＡＬＬ　ＡＧＥＳ〉をうちが取り扱ってることと、エイジがうちの常連だってことはきちんと調べてるんだから、よくわかんないよねー」

店の出入り口のドアベルが鳴った。制服を着た柚季と、下校後に金木犀寮《きんもくせいりょう》に一度帰ってピンクのエクステをばっちりつけてきた智亜が、うんざりとした顔で入ってくる。それは決して、今日の暑さと湿度の高さのせいだけではない。

「あっ、ダメダメ、子供はこんなの見ない方がいい」

南原がサッとテレビを消す。エイジの向かいのソファにどんと腰掛けた智亜が、「もう見てるよ！」とスマホを見せてきた。

ＳＮＳの検索結果の画面だったが、何が書かれているか想像がつくから、丈太郎も南原も詳しくは見なかった。

「エイジ君は助けた側じゃん。エイジ君を犯人だって言う日本語読めない人ももちろんだけど、犯人がスケボーに乗ってたってだけで、助けたエイジ君まで悪く言うのは違くない？」

「まあまあ落ち着け。スケボーに乗った男が衝突事故を起こしたのは事実なんだ。世間様からすれば、加害者は渋谷をうろつくストリートスケーターに見えるし、エイジのお仲間に見えるんだろうよ」

「それにさ、あの通り魔がおじさんのカメラを盗《と》ろうとしたこと、扱い小さすぎないっ？　〈ひったくり〉ってサラッと書いてるニュースばっかりだけど、あのひったくり男、絶対におじさんの頭狙《ねら》ってたよ。全力で殺しにきてるじゃん。ひったくりにしては殺意強すぎじゃん」

「ああ、聞けば聞くほど殺意満々でよく生きてたなって思うよ」

通り魔が丈太郎に向かって振り上げたのはクラフトビールの小瓶だった。側の自販機のゴミ箱の上に放置されていたものらしい。

深夜の渋谷で高価な一眼レフカメラを持った男を見かけ、ちょうど目についたビール瓶で襲いかかって強奪《ごうだつ》しようとした。丈太郎のスケボーに乗って逃走を図って、あの小森というホームレスと衝突した。それが丈太郎を聴取した渋谷署の刑事の見立てだった。

「ただ怪我しただけのおじさんより、意識不明のホームレスの方が見出しにインパクトがあるんだろうよ」

「意味わかんない！」

ソファに突っ伏して両手をばたつかせる智亜を尻目《しりめ》に、座る場所がなくなった柚季は何も言わず店の奥から椅子《いす》を持ってきて腰を下ろした。

重苦しいわけでもギクシャクしているわけでもない。でもどこか淀《よど》んだ空気がトロピックに漂《ただよ》っていた。

無言の時間が三十分ほど続き、うんざりした様子でエイジがソファから立ち上がった。

「飯《めし》食いに行くか」

いつも通りスケートボードに手を伸ばす彼に、丈太郎は迷った末に進言する。

「しばらくは、滑るならパークにしたらどうだ」

「俺が『はい、そうですね』って頷くと思って言ってる？」

「いや、全然」

「大正解」

呆《あき》れ顔で肩を竦《すく》め、エイジはトロピックを出ていく。智亜が「チーズバーガー食べに行こ」といつもより少しだけ高い声で言ってついていった。

店のドアが閉まったのを確認しながら、南原が丈太郎の名を呼ぶ。

「入院してる小森さんが、柚季の言うエイジを探してたホームレスってことだよねえ」

「でしょうね」

テーブルで参考書を広げていた柚季がそっと駆け寄ってきて、「エイジ君には話してないんですか？」と首を傾《かし》げる。

「いやあ……言えないでしょう……」

お前を探していたホームレスがいて、その人が今、意識不明だなんて。

「エイジの家族や親族について、知っている人だった可能性もあるよね？」

丈太郎の言葉を引き継ぐように、南原が言う。

「ええ、知っているどころか、下手《へた》したら……」

いや、まさか。丈太郎は言葉を吞み込んだ。なんの証拠もないのに、議論を飛躍《ひやく》させすぎるのはよくない。

万が一、小森がエイジの素《す》性《じょう》を知っているどころか、血縁関係にある人物だったら……もし本当にそうだったら、エイジになんと伝えればいい。

「あいつは、自分を探してるホームレスがいたって、まだ知らないですよね?」

「多分ね。でも、時間の問題だと思うよ」

「なら、あいつの耳に入るより先に、小森ってホームレスの素性を突き止めないとですよ」

誰から聞こうと結果は一緒なのかもしれないが、それでも、だ。

「せめて、そのホームレスが寝泊まりしていた場所なり、知り合いなりがわかればいいんですけど」

「といっても、ホームレスだからねえ……。東京オリンピックの前なら宮本《みやもと》公園で寝泊まりしてるホームレスが多かったけど、あそこがミヤモトパークになってから、ホームレス達はあちこちに散っちゃったし」

南原が両腕を組んで眉を寄せる。カウンターを挟《はさ》んで柚季が全く同じポーズをした。

「でもお父さん、ホームレスが寝泊まりしてそうなところを片《かた》っ端《ぱし》から探し回るのも大変だよ? もしかしたら渋谷区外に住んでるのかもしれないし」

だよなあ……丈太郎が溜《た》め息をついた瞬間、南原親子が同時に「あっ」と声を上げた。

「忘れてた、うちって渋谷じゃまあまあ有名なスケボーショップだったわ!」

南原がズボンのポケットからパイナップル柄のカバーがついたスマホを引っ張り出す。柚季が首がもげそうなほど激しく首を縦に振った。

「自慢じゃないけどさあ、渋谷のスケーターのうち、かなりの数がうちをご贔屓《ひいき》にしてくれてるのよ。SNSの公式アカウントもメルマガも結構登録してもらってるし」

南原が見せてきたのは、メッセージアプリの画面だった。トロピックの公式アカウントを指さし、ニコッと笑う。

そこにはすでにメッセージが書き込まれていた。

〈常連の皆様～！　エイジのことを探していたホームレスの男性を探しています。どんな些細《ささい》なことでも南原まで〉

忘れていた。確かにこの店は、名の知れたスケボーショップだった。

「もちろん、エイジには内緒にしておくから」

サムズアップする南原に、丈太郎は深々と頭を下げた。

店のドアベルがけたたましく鳴って、智亜が「ちょっとー！」と顔を出す。

「おじさん、置いてくよ？」

◈

「まさか、こんなに早くわかるとは……」

トロピックおよび南原の人脈と情報網はさすがだった。たった一晩で小森らしきホームレスが出入りしていた公園の名前を入手できてしまった。

渋谷駅から原宿《はらじゅく》方向へ歩いた先、ミヤモトパークの先にある神宮横《じんぐうよこ》公園は、街とＪＲの線路に挟まれた狭苦しい場所にねじ込むようにして作られていた。

梅雨《つゆ》の終わりが見え始め、夏本番を控えてエネルギーを溜め込んでいる木々の合間に、青いビニールシートが見える。ビニールシートに段ボール、汚れた木材で作られたバラックが身を寄せ合うようにして建っていた。

静かだった。公園とはいえ遊具はないし、目立つところに「ボール禁止、スケボー禁止、ラジコン禁止、ペット禁止、大声禁止」と看板が立っている。静かになるわけだ。

バラックにも人の気配がない。試しに側のバラックを覗いてみたが、家主の姿は見当たらなかった。

二軒目、三軒目も同じだった。やっと人影を見つけたのは、五軒目のバラックの前を通りかかったときだった。

「あんた、どこの誰だい」

木陰で優雅《ゆうが》にデッキチェアに腰掛けていた細身のホームレスが、丈太郎に向かって警戒心たっぷりに声をかけてきた。

白茶けた中折れ帽に、古びた半袖シャツ、もうすぐ穴の空きそうな革靴。年は小森と同じくらいだろうか。見た目は確かにホームレスだが、不思議な優雅さが全身から漂っている。

「警察ではないし、かといって行政の人間にも見えないね。マスコミかい？」

こちらをじーっと睨《ね》めつけたホームレスは、丈太郎のカメラバッグを顎でしゃくる。

「カメラマンではありますが、別に新聞や週刊誌の人間じゃないです。人を探してます」

「人探し？」

「小森さんという方を、ご存じですか」

小森の名に、男が目を見開いた。デッキチェアから静かに立ち上がり、丈太郎に躙《にじ》り寄る。

「あの人、どこに行ったんだい」

男は丈太郎と同じくらいの背丈だった。髪は白髪《しらが》交じりだが、顔をよく見るとまだ四十代くらいに見える。

「三日前、渋谷ヒカリテラスの前で事故に遭《あ》って入院しています。意識はまだ戻っていません」

男が言葉を失う。丈太郎が詳しく事故のことを話して聞かせると、「どうりで、帰ってこないわけだ」と溜め息をついた。

「それで、お兄さんは警察でもないのに、どうして小森のことを調べてるの」

「小森さんが俺の知り合いを探し回っていたという噂を聞いたんです。どんな些細なことでも構わないので、何かご存じないですか」

手にしていた缶ビールのパックの入ったレジ袋を差し出す。受け取った男は、「おう、発泡酒じゃなくてビールだ。気が利《き》くね」と肩を竦めるようにして笑った。

中折れ帽を脱いだ男は、やはり見てくれよりずっと若い目をしていた。

「白鳥《しらとり》だ。この公園に住み着いて三年になる。ホームレス歴はもっと長いけどね。お兄さん、名前は？」

「与野丈太郎といいます。ここに住んで三年ということは、もしかして、以前は宮本公園に？」

「渋谷のホームレス事情に詳しいじゃないか。宮本公園を再開発するって追い出されて、お隣のここに逃げてきたのさ。ここもぼちぼち危なそうだけれどね」

白鳥は近くのバラックへ丈太郎を連れていった。

「ここ、小森の家だよ」

青いビニールシートと段ボールで作った小さなバラックだった。白鳥に一礼し、丈太郎は腰を屈めて中に入った。

予想以上にしっかりした作りだった。布団《ふとん》とタオルケットを敷き詰めた寝床があって、壁にはカレンダーと色褪《あ》せた昭和アイドルのポスター。どこかから拾ってきたのか比較的新しいちゃぶ台があって、その上にはカセットコンロ。まな板に包丁、コップに茶碗もある。ちゃぶ台の下には殺虫剤のスプレー缶が何本も転がっていた。

寝床の枕元には本が積んである。全部雑誌だった。スポーツ雑誌だった。

「……大和エイジばっかりじゃねえか」

いろんな出版社のいろんなスポーツ雑誌が次々出てくる。エイジが東京オリンピックで金メダルを獲ったことを伝える雑誌が、何冊も何冊も。

胸の真ん中、ちょうど心臓のあるあたりが滲《にじ》むように痛んだ。雑誌を持つ手が無意識に強《こわ》ばって、指先が小さく震える。

「まさか……」

絞り出した丈太郎を嘲笑うみたいに、目の前の壁にキャップがかかっていた。

汚れて、日に焼けて、色が薄くなったそのキャップは、それでも確かに赤色をしていた。有名スポーツブランドのロゴが入っていた。

全く同じデザインの子供用のキャップが、エイジの部屋にあった。

「父親なのか」

あの小森というホームレスは、大和エイジの父親なのか。

息子を渋谷の児童養護施設に置いていって、自分はすぐ側でホームレス生活をしていたというのか。どうしてだ。せめて子供の近くにいたかったのか。渋谷の街をスケートボード一つで駆け抜けるエイジを、赤の他人のホームレスとして遠くから眺《なが》めていたというのか。

そのことを、俺は自分の口でエイジに伝えられるのだろうか。冷静に、大人として、伝えられるのだろうか。

「あの」

入り口からこちらを覗き込んでいた白鳥に、スポーツ雑誌を見せる。

「この表紙に載ってる男の子と小森さんの関係を、ご存じですか」

雑誌を一瞥した白鳥は、「ああ」と嘆《なげ》くように肩を落とした。酷く寂《さび》しそうな、悔しそうな顔をして、丈太郎を見据《みす》える。

「その雑誌は、小森のじゃない。少し前までこの公園に住んでた別のホームレスの持ち物だ」

「どういうことですか」

「死んだんだよ。少し前に、熱中症で」

喉の奥が強ばった。雑誌を取り落としそうになって、慌てて右手に力を込める。

「あの、それって、先月の」

大和エイジと出会った日。六月のよく晴れた夜。丈太郎は後輩カメラマンの篠田《しのだ》と表参道《おもてさんどう》でゴシップ探しをしていた。足を引っ張るばかりで役に立たない丈太郎を、深夜のラーメン屋で篠田が説教した。

ラーメン屋のテレビから、ニュースが流れていた。

渋谷で、ホームレスが、熱中症で死んだ。今年の夏も災害級の暑さになる。アナウンサーが深刻な表情でそんなニュースを読み上げていた。

直後にパリオリンピック関連の話題に移り、華やかなニュースにホームレスの死は掻き消された。

「もしかして、バラックの中にある赤い帽子《ぼうし》も」

「ああ、矢本《やもと》がよく被ってたやつだよ。矢本健司《けんじ》っていう五十過ぎのホームレスだったんだけど、連日の暑さでちょっとしんどそうにしてたんだ。そしたら先月の中頃に、寝床で死んでた。夜中に熱中症になったみたいで」

早く気づいてやれてたらなあ、と苦々しげに説明する白鳥の言葉が、不思議と体をすり抜けていってしまう。

「そんなに、あっさりと……？」

「ホームレスなんて、そんなもんだよ。夏より冬の方が死ぬ人間は多いんだけどね。ふらっとどこかに行って、それっきりって人間も多い。小森は矢本と仲がよかったからさ。あの人のバラックは公園の仲間で片づけたんだけど、矢本の荷物は『形見分けみたいなもんだ』って小森が持っていったんだ」

「……やもと」

矢本と、大和。やもと、やまと。怪訝な顔をする白鳥をよそに、何度も反芻《はんすう》してしまう。

エイジが金木犀寮に預けられたのは三歳のときだ。三歳児の舌っ足らずな言い方なら、施設の職員が「やもと」を「やまと」と聞き間違えてもおかしくない。

「その矢本さんというのは、どうしてこの雑誌を」

「さあ、わかんないね。矢本がここに来たのは東京オリンピックが終わってからだけど、あの人、あんまり口数が多くなかったから。親しかったのは小森くらいだよ。年も近かったし、馬が合ったんだろうね」

熱中症で死んだ矢本は、いつからホームレスだったのだろう。東京オリンピックでエイジの活躍を見たのだろうか。

「お兄さんが用があったのは、矢本の方だったの？」

力なくバラックから出てきた丈太郎に、白鳥が問いかける。

「いや、用というか、なんというか……」

「とりあえずさ、小森が入院してる病院を教えてよ。意識が戻ってここに帰ってくるのを待ってるから。代わりに、矢本のことを他のホームレス連中に聞いてみる」

「ええ、お願いします。どんな些細なことでも構わないんで。小森さんに何かあったら俺も報告に来ます」

「まあ、僕らもいつまでここにいられるかわかんないけどね。ある日突然何もかも撤去される可能性だってあるし」

白鳥の視線が公園の一角に向けられる。「ボール禁止、スケボー禁止、ラジコン禁止、ペット禁止、大声禁止」の看板に。

「迷惑をかけてないとは思ってないんだよ。怖がる人もいるだろうし、見栄《みば》えだってよくないからね。偉い人達が僕らを排除したい気持ちもわかるんだ」

「東京は、どこもそうですからね」

「綺麗《きれい》な場所に相応《ふさわ》しい綺麗な人、人に迷惑をかけず、見ていて不快じゃない人間しかいられない場所が多いんだ」

すぐ側の線路を、山手線《やまのてせん》の電車が走り抜けていった。走行音で白鳥の声が遠くなるが、渋谷駅の高層ビル群を眺める横顔に、憤《いきどお》りと焦燥感がこびりついている。

「みんな、そんなに人に迷惑をかけないで生きてるんですかね」

そんな言葉が口の端《は》からこぼれた。頬に視線を感じる。白鳥がじっとこちらを見ている。

「一応、本職がスポーツカメラマンなんで。スポーツって、なんだかんだ人に迷惑をかけるんですよ。野球部の掛け声は近所の人からしたらうるさいだろうし、街中でジョギングするのを邪魔だと思う人もいるだろうし、マラソン大会のたびに一般道を封鎖《ふうさ》するのが迷惑だと思う人も多いだろうし。路上を滑ってるスケーターもそうですよ。マナーもモラルも全然な奴もいるでしょうけど、ほどほどの迷惑なら、お互い様で済ませるくらいには寛容《かんよう》でいたいというか」

ほんの最近まで、俺もストリートスケーター達を迷惑な存在だと思っていたのに。生意気な金メダリストをファインダー越しに見ているうちに、随分《ずいぶん》と感覚が変わってしまったらしい。

「ホームレスの僕が偉そうに言えることじゃないけど、生きてりゃ何かしら人様に迷惑をかけるでしょう。誰にも迷惑をかけずに生きてると思ってる人間がいるなら、そいつはだいぶ傲慢《ごうまん》な奴だよ」

ははっと穏《おだ》やかに笑う白鳥は、やはり不思議な優雅さをまとっている。ホームレスになる前は一体どうやって生きていたのか。


「あれ、おじさんじゃん」

白鳥と別れて渋谷ヒカリテラス前に向かったら、不躾《ぶしつけ》にそう声をかけられた。振り返らなくても智亜だとわかった。

ちょっと機嫌が悪いのも、すぐにわかった。

「どうした、眉毛の間に皺《しわ》寄ってるぞ」

「クラスの男子がさあ、わざわざ例の事故の動画を見せてくるの。前にエイジ君が炎上したときにも同じことされたから、今度こそ回し蹴りしてやろうかと思った」

「してないだろうな」

「してないよ」

ふんと鼻を鳴らし、智亜は忌々しげに花壇を見た。小森が倒れて動かなくなった、あの場所だ。現場検証も終わり、道行く人はここでそんなことがあったことなどすっかり忘れた顔で歩いていく。

「偉いじゃねえか。我慢した褒美《ほうび》にスタバでレモンのフラペチーノ奢《おご》ってやる」

「え、懐《なつ》かし。レモンは先月の期間限定だよ。今はピーチ」

「大人の一ヶ月なんて、お前らの一週間くらいの感覚なんだよ」

だが、フラペチーノを奢るのはアリだったらしい。智亜は途端に機嫌よく歩き出した。桃の実を凝縮《ぎょうしゅく》したような鮮《あざ》やかピンク色のフラペチーノをスタバで手に入れたら、勝ち誇った笑みを浮かべて写真を撮り始める。

「ねえ、おじさん、カメラのレンズ、本当に大丈夫だったの？」

スマホのカメラアプリを見つめながら、智亜が変わらぬ調子で聞いてくる。なんだよ、随分気にしてんじゃねえか、と丈太郎は笑い出しそうになるのを堪《こら》えた。

「大丈夫って言っただろ。ほら、この通りちゃんと使えるよ」

カメラバッグから一眼レフカメラを出して、智亜に見せてやる。傷一つないレンズを覗き込んで、智亜はやっといつも通り生意気に笑ってみせた。ピンクのエクステがきらりと光る。

「なーんだ、心配して損した」

「仮に本当に割れてたとしても、中学生に弁償しろとは言わねえから安心しろ。そもそもあれは俺が不注意だった」

海外だったら、撮影中にカメラのストラップを首から外すなんてこと絶対にしない。カメラどころか機材一式をスリやひったくりに持っていかれた同業者もいるし、丈太郎も何度かヒヤリとしたことがある。盗られてもしょうがないとは思わないが、日本だからと不注意と油断が過ぎたのは事実だ。

「ありがとうな、カメラ、取り返してくれて」

「そんなにお礼がしたいなら、来月もフラペチーノ買ってよ。八月の期間限定はパイナップルだと予想してるんだよね」

「おう、パイナップルな」

機嫌よくストローを咥《くわ》える智亜を眺めていたら、前方からパトカーがゆっくり走ってくるのが見えた。側面に思いきり渋谷警察署と書いてあった。

運転席に座った警察官と目が合ってしまって、あー、しまったな、と丈太郎は口をへの字にした。

案の定《じょう》、パトカーは自分達を追い越し、少し先で停まった。ストローを口にしたまま、智亜が「ん？」と首を傾げる。

助手席から警察官が一人降りてきて、いやににこやかに「すみませ〜ん」と声をかけてきた。丈太郎とそう変わらない年に見えた。

「トモ、これが職質ってやつだ」

「え、これが噂の？」

丈太郎と智亜の顔を交互に確認した警察官は、わざとらしい笑顔のまま「お二人はどういうご関係ですか？」と聞いてきた。

「あー、関係……関係ですか。そりゃあ聞きますよね。昼間からカメラを持った成人男性と女子中学生が一緒に歩いてたら」

そういえば、今の俺は顔に怪我までしてる。そりゃあ職質もしたくなるだろう。

丈太郎の歯切れの悪い応対に、警官の目の奥がぎろりと光った。親子ですと嘘をついたところで、身分証を求められたら一発だ。かといって「お友達です」と答えたら、これもまた一発アウトだろう。

そもそも、智亜もエイジも友達ではない。年齢的にも関係性的にも、この繋がりを友情と呼ぶのは犯罪だ。

「私、金木犀寮の生徒です。このおじさんは、寮のアルバム用の写真を撮ってくれてるカメラマンさん。全身真っ黒でちょっと怪しいけど」

智亜が自分と丈太郎を順番に指さしながら、淡々と説明し出す。

「たまたまヒカリテラスの前で会ったから、ジュース買ってもらった。今日はこのあと金木犀寮で流し素麺《そうめん》するから、撮影に来てくれるの。心配なら寮の先生に電話してみて」

警察相手に臆することなくスマホを差し出した智亜は、「話し合わせろやコラ」と言いたげに丈太郎を睨んだ。胡散臭《うさんくさ》そうにこちらを見る警官に、丈太郎は満面の笑みを浮かべた。

「ああ、はい、そうです、今日は流し素麺なんです。やっぱり臨場感たっぷりに撮りたいんでね、気合い入れてやって来たわけです」

その程度で信じてもらえるわけがなく、警官は智亜の生徒手帳と丈太郎の免許証を確認した。二つを睨みつけたまま、自分のスマホで金木犀寮に電話をかけた。

大丈夫か？　と智亜に目で訴えたが、気持ちいいほどに無視されてしまった。

「あー、はい、そうですか。ありがとうございました。失礼します」

電話はすぐに終わった。「確認取れました」と一礼して、警官は智亜と丈太郎に身分証を返すと、あっさりパトカーに戻っていった。

「疑ってごめんなさいくらい言えばいいのにね」

今にもあかんべーをしそうな顔でパトカーを見送りながら、智亜が呟《つぶや》く。

「……よく大丈夫だったな。寮に電話されたときは終わったと思ったぞ」

「何言ってんの。寮の先生にもちゃんとおじさんのこと言ってあるよ」

当たり前じゃん、と智亜がこちらを見上げる。

「何かあったら口裏合わせてってお願いしてあるの。全身真っ黒なおじさんだけど、エイジ君のフィルマーだから大丈夫だって。おじさんだけど」

「おじさんは余計じゃねえかと言いたいところだが、今回ばかりは感謝しよう」

「チームからフィルマーがいなくなったら大変だもん。エイジ君のフィルマーは誰でもできるわけじゃないし。今回のはエイジ君の人望のおかげなんだから、よーく感謝するんだね！」

ずるずるっと桃のフラペチーノを啜《すす》りながら、智亜が丈太郎の背中を叩く。

トロピックに向かう智亜の半歩後ろに続きながら、丈太郎は肩を竦めた。なるほど、チームか。確かにそれが一番しっくりくるかもしれない。

「友達じゃなくて、チームなわけね」

「えー、だって、おじさんとは友達じゃないじゃん。ていうかアレでしょ？　中学生と友達のおじさんって、もうそれだけで犯罪じゃん」

「おお、よくわかってんじゃねえか。よく知らない大人には気をつけろ。よく知らないのに優しくしてくる大人にはもっと気をつけろ。特に若いうちは」

「うわ、おじさん通り越して、おじいちゃんみたいなこと言う」

ゲラゲラと笑う智亜と一緒にトロピックのドアを開けると、まだエイジの姿はなかった。代わりに、宇田川《うだがわ》交番の笹森《ささもり》巡査がソファで麦茶を飲みながら涼《すず》んでいた。

「ああ、与野さん、まだ治りませんか」

笹森が自分の頬を指さす。丈太郎は堪らず「顔はいいんですけど肩がね……」とうな垂《だ》れた。ビール瓶で殴られた右肩は、未《いま》だ吊《つ》り革《かわ》すら摑めない。

「ねえ笹森さん、犯人ってまだ捕まんないの？」

警官相手とは思えない馴《な》れ馴れしさで智亜が聞く。完全に年上の従兄《いとこ》を相手にする口の利き方だった。

「捕まんないんだなあ、これが」

「駅前だよ？　防犯カメラとかうじゃうじゃありそうなのにぃ？」

「コンビニの防犯カメラとかスクランブル交差点のライブカメラにそれらしい男は映ってたんだけどさ、なかなかそれだけじゃ足取りが摑めないのよ」

小森と衝突した犯人は、丈太郎のスケボーを蹴り飛ばして宮益坂下《した》の交差点に向かって走っていった。鋭い足の回転が妙に印象的だった。スクランブル交差点のライブカメラに映っていたということは、交差点を左折し、道玄坂《どうげんざか》方面に逃走したのだろうか。

「それじゃあ、また進展があったら来まーす」

麦茶のグラスを南原に返し、笹森は炎天下を颯爽《さっそう》と自転車で去っていった。

「笹森さん、最近すっかり涼むためにトロピックに来てるよね」

智亜の呟きに、丈太郎と南原は揃《そろ》って深々と頷いてしまった。

「結局、あの通り魔兼ひったくり犯兼ぶつかり男のことは何もわからないか」

矢本健司のことも……声に出しそうになって、慌てて口を噤《つぐ》む。代わりに「防犯カメラとライブカメラだけじゃあ、捕まえられないよなあ……」と呟いて、ソファにゆっくり腰掛けた。勢いよく座ると肩に響くのだ。

カメラバッグからあの夜使っていたカメラを出した。事件のあとに壊れていないか確認して以来、肩が痛むのもあって写真は撮っていなかった。

カメラの電源を入れ、丈太郎は「ん？」と声を上げる。

事件のあった夜、エイジのトリックを撮り終えたらちょうどSDカードの容量がいっぱいになった。新しいものと取り替えた直後、通り魔は丈太郎に向かってビール瓶を振り下ろした。SDカードを替えてからは撮影をしていないはずなのに、再生画面に一件だけ、動画が表示されている。

真っ黒なインデックス画面に表示された撮影日時は、事件があった時刻だった。

「……トモ、お前、レンズフィルターが割れてるって気づいてから、何か撮ったか？」

カメラを指さし、智亜を振り返る。

「いや、何も撮ってないけど。そもそも撮り方わかんないし」

「だよな」

恐る恐る、再生ボタンを押した。

内蔵マイクの粗《あら》い音声で、智亜の『返してよ！』という叫び声が再生された。真っ黒な画面の中、ごそごそと揉《も》み合う音と二人分の息遣いが響く。

カメラを奪い合っている最中に、智亜か通り魔の手が録画ボタンを押したに違いない。

「うそ、撮れてるのっ？　犯人の顔映ってる？」

智亜がソファに飛び乗ってくる。ソファのスプリングが軋《きし》むのに合わせて肩が痛んで呻いたが、丈太郎はカメラから目を離さなかった。

真っ黒な映像の中、ときどき街灯の白い光が射す。智亜のピンク色のエクステが画面を掠める。

「いや、犯人の顔は映ってない」

数秒間の映像は通り魔の顔を捉えていなかった。「なんだぁ……」と溜め息をつく智亜をよそに、苦し紛《まぎ》れに動画をスロー再生した。

そのとき、小さな液晶画面の端っこに、何かが見えた。

もう一度映像を確認する。画面に鼻先を擦りつけるようにして、何度も何度も見た。

智亜が通り魔に飛びつき、叫び、ざらついたノイズが響き、智亜のエクステが映る。通り魔の灰色のスニーカーも一瞬だけ映った。

映像が途切れる直前、通り魔の背負ったリュックからなのか、ズボンのポケットからなのか

——とにかく、通り魔が何か落としたのだ。

「……まさか」

滑り落ちるようにソファから立ち上がった。智亜と南原が同時に「どうしたの？」と聞いてくる。

「トモ、お手柄だ」

「え、なんで」

「上手《うま》いことといったらフラペチーノ一年分奢ってやる」

それ以上何も言わずトロピックを出た。出入り口で学校帰りの柚季とぶつかりそうになって、「悪い！」と叫んだ。

スクランブル交差点を渡る頃には全身汗まみれだったが、構わず走った。

渋谷ヒカリテラス前の事故現場を通り過ぎ、丈太郎がビール瓶で殴られた坂の上で、あたりを見回した。

広々とした歩道には通り魔の落とし物らしきものは何もない。カメラで映像を何度も確認し、丈太郎は側の街路樹の根元や青々とした植え込みを漁った。ゴミが散乱している。空き缶、チルドカップ、使用済みのマスク……ポイ捨てしてんじゃねえよと吐き捨てた。道行く人に白い目で見られようと、構わず続けた。

「……ないか」

溜め息と共に吐き出して、額の汗を拭う。

「──おじさん、なにしてんの」

背後から飛んできた生意気な声に、もう一度溜め息をつく。さっきの智亜と同じだ。振り返らなくても誰だかわかる。

「奇遇《きぐう》だな」

「奇遇じゃないよ。通り魔の映像を見たおじさんが血相変えてトロピックを出ていったってトモから連絡がきたから、ここかなと思って来てみたんだよ」

抱えていたデッキの先端《ノーズ》でアスファルトをトンと突き、エイジは丈太郎を見下ろす。

「で、何を探してるわけ？　割れた魚眼レンズの破片でも探してるの？」

思ってもみないところから話題が飛んできて、息を呑んだ。

「だから、あれは」

「言っておくけど、トモも気づいてるからね？　あのレンズがもうダメになってること」

エイジの言う通りだった。魚眼レンズは表面が球体のようになっているから、標準レンズと違って出目金《でめきん》のように前に飛び出している。だからレンズを保護するためのフィルターをつけられない。基本的に裸眼の状態で撮影するし、丈太郎もそうしていた。

なので、落としたりぶつけたりすれば普通に割れてしまう。

「なんだよ、お前はともかく、トモも気づいてたのかよ」

「おじさんが救急車で運ばれていったあと、帰りにトモがスマホで調べてさ。おじさんが嘘ついてるって青い顔で騒いでたよ」

だから、今日もしつこく「本当に大丈夫だったの？」なんて聞いてきたのか。素知《そし》らぬ顔でスチール撮影に使っている標準レンズを見せ、「ちゃんと使えるよ」と白々しい嘘をついた丈太郎を、あの子はどう思ったのか。

「あの魚眼レンズ、結構高いでしょう？　涼しい顔で大丈夫って連呼しちゃってさ」

「いいんだよ、別に。中古だからそんなに高くもない。カメラを取り返してくれただけでトモには感謝してるんだから、レンズが壊れただとか値段がどうだとか、子供は気にしなくていいんだよ。そんなのは大人が勝手になんとかするんだから」

そうだ、レンズなんていくらでも買い換えれば済む話だ。大人の懐《ふところ》が少々痛むくらい、今直面している問題に比べたら全くたいしたことではない。

智亜が丈太郎の嘘を察してパイナップルのフラペチーノをねだったのなら、それでいい。

「おじさんってお人好《ひとよ》しだよね」

「子供の前ですらお人好しになれない大人なんて嫌だろ」

果たして、俺が今やっていることは〈お人好し〉の行為なのだろうか。自問の答えが出せないまま、丈太郎は再び植え込みを覗き込んだ。

「俺のカメラに、通り魔が何か落としていったのが映ってた」

「へえ、よかったじゃん。それをせっせと探してるわけね」

感心した様子でエイジが歩み寄ってくる。頼むから来ないでくれと願ってしまった。

「犯人捜しっていう意味では、よかったんだけどな」

丈太郎を殴り、カメラを盗もうとし、小森に大怪我をさせた通り魔の手がかりが掴めるなら、それに越したことはない。

だが、それ以上のものを俺は抱えてしまっている。

「なに、その意味深な言い方」

エイジの語尾に、小さな棘《とげ》が生える。丈太郎は顔を上げられなかった。でも、エイジが眉を寄せて丈太郎のつむじを見下ろしているのだけはわかった。

視線が頭皮に刺さる。喉が震えてしまいそうだったから、鼻から大きく息を吸った。

「お前を捜し歩いてるホームレスがいるって話、知ってるか」

「噂では、聞いてたけど」

「それが、ここで事故に遭った小森ってホームレスだった。小森のリュックの中に、お前が表紙のスポーツ雑誌が入ってた」

歩道に落ちたエイジの影が小さく身じろぐ。丈太郎はその影を視界の外に追いやった。

「通り魔捜しももちろん大事だけど、もしかしたらお前の素性を知る手がかりになるんじゃないかと思って、小森の住んでるバラックに行ってみた。お前が載ってる雑誌が大量にあった」

エイジは何も言わない。

「お前が持ってたのと同じデザインのキャップも、あった」

「待って、どういうこと」

構わず、丈太郎は続けた。どのみち、どれだけ丁寧に説明したところでこいつは困惑するしかないのだ。

「最初は、小森がお前とお前の家族について何か知ってるかもしれないと思って調べてた。でも同じ公園に住み着いてるホームレスに話を聞いたら、雑誌とキャップの持ち主は矢本っていう別のホームレスだってわかった」

「……やもと」

エイジが口を開く。やもと、やもと……何度もその苗字《みょうじ》を反芻して、頬を痙攣《けいれん》させる。

「お前の苗字は、大和じゃなくて矢本なんだと思う」

生え際《ぎわ》の白髪をガリガリと掻きながら、丈太郎は俯いた。大きく息を吸った。どれだけ吸っても酸素が足りない。

「これは俺の想像だけど、矢本はお前の父親なんじゃないかと思う。なんの証拠もないけど、そう思った。多分、俺が一応は人の親だからだ」

小森のバラックに残されたエイジが載ったスポーツ雑誌や、白茶けた赤いキャップから、自分が娘に向けるものと同じような感情を読み取ってしまった。ただそれだけだ。

「その人は、今どこにいるの」

エイジの問いに、顎先を汗が伝った。拭いながら、丈太郎は顔を顰めた。ああ、やっぱり、俺は伝えなきゃならないのか。

「……いや、さっさと言ってよ」

痺《しび》れを切らして吐き捨てたエイジに、丈太郎は一言「ごめんな」と告げた。

「矢本ってホームレスは、先月、熱中症で死んだ」

丈太郎の言葉がエイジに届くまで、随分と時間がかかった。エイジは瞬《まば》きを数度して、掠れ声で「は？」と首を傾げた。

エイジが取り乱すとは思ってなかった。狼狽《うろた》える彼も涙を流す彼も想像できなかった。

でも、渋谷の真《ま》っ直中《ただなか》で無表情に立ち尽くす十八歳の少年を前に、どうして俺がこんな役目を負わなきゃならないんだと、顔も知らない矢本というホームレスを恨《うら》んだ。

「そう」

長い長い沈黙の末に、エイジが小さく肩を落とす。色が褪せるみたいに表情が消え、目は確かに丈太郎を向いているのに、別の場所を見ている。

多分、十五年前にエイジに「ここでちょっと待ってて」と言って去っていった父親の、遠ざかっていく背中を見ている。

「じゃあ、これで晴れて天涯孤独《てんがいこどく》ってわけね」

ふふっと笑ったエイジに摑みかかって、横っ面《よこつら》を張り倒してやろうかと思った。子供なら子供らしく悲しむなり泣くなりしやがれ。

「悪かった」

「なんでおじさんが謝るのさ」

「もっといい伝え方があったんじゃないか。お前に本当のことを言わないで墓場まで持っていった方がよかったんじゃないか。今、そう思ってる」

つむじにエイジの吐息《といき》が降ってきた。笑い声を含んでいた。丈太郎に呆れている笑い声だ。

「本当、おじさんはお人好しだよ。こっちはもう、オリンピックのときに半分諦《あきら》めがついてたんだから、別に今更泣き喚《わめ》いたりしないよ」

――子供じゃないんだから。

笑いながらエイジがつけ足した一言に、自分でも怖いほどカッとなった。

「まだわかんねえだろ。小森が目を覚まさないことには、全部俺のただの予想だ」

ズボン越しに、膝《ひざ》に鈍い痛みが走った。側溝《そっこう》の蓋が膝に食い込んでいた。

鉄製の編み目の下に、紙くずや落ち葉が溜まっている。

「とりあえず、見つけるぞ、通り魔を」

「いや、通り魔を見つけたところで、その小森ってホームレスの意識が戻るわけじゃ」

「わかっとるわ！」

土で汚れた手を払った。道行く人にじろじろ見られているのは承知の上で、側溝の蓋を両手で摑んだ。右肩に裂《さ》けるような痛みが走ったが、構わなかった。

「何もしないでじっと待ってるのがしんどいから、勝手にやってんだよ」

ジャリッと湿った音を立て、灰色の土埃《つちぼこり》を上げながら蓋は外れた。底に溜まった落ち葉と濡《ぬ》れたゴミを払う。

側溝に顔を突っ込んで前後を見渡したら、見つけた。

「あった！　なんかあった！」

エイジは微動だにしていなかった。夕方になっても弱まることのない日差しが、エイジの目元に濃い影を作っている。

それでも、じっと丈太郎を見ているのだけはわかる。

地面に顔を擦りつけ、側溝の奥に手を伸ばした。指先にひんやりと冷たいものが触れる。濡れた落ち葉と一緒に、それを摑み取った。

プラスチック製のカードだった。キャッシュカードでもクレジットカードでもなく、作業着を着た男の顔写真と名前がプリントされたＩＤカードだ。

「……は？」

写真を確認して、息を吞んだ。名前を見て確信した。喉が震えて声にならなかった。

糸をたぐるようにこの一ヶ月ほどの記憶が次々と蘇《よみがえ》って、あの日の夜に辿《たど》り着く。大和エイジと初めて出会った、あの夜。後輩カメラマンの篠田に説教をされ、途方に暮れて渋谷に向かって歩いていたときのじっとりとした夜風の感触まではっきり思い出した。

「なに、それ」

背後からエイジの手が伸びてきて、カードを奪う。

「これって、工事現場とか建設現場の入場ＩＤ？」

カードの裏表をしげしげと眺め、エイジは「……通り魔？」とゆっくり首を傾げる。

「可能性は、高いと思う。見た感じ、落としてからそんなに時間もたってないし」

「渋谷はいろんなところで工事してるけど、こんなＩＤカード使うようなでかい現場ってなると、回れない数じゃないよね」

「探す必要なんてない」

語尾が震えてしまった。エイジが怪訝な顔で丈太郎の顔を覗き込んでくる。

「おじさん、なんで顔真っ青なの」

丈太郎の眼前に、ＩＤカードを突きつけた。

「この人、知ってるの？」

「……ああ、知ってる」

丈太郎は絞り出した。声が擦れ、喉に引っ掻かれるような痛みが走った。

「犯人は、通り魔じゃない。俺だってわかってたんだ。俺だってわかってて殴って、俺だってわかってて、カメラを奪った」

「どういうこと」

ＩＤカードに写る男は髭面《ひげづら》だった。疲れきって色褪せた無精髭《ぶしょうひげ》だ。

「俺は、こいつと会ってるんだ。お前と初めて会ったあの夜だ。ストライプビルに向かう途中のビルの建設現場で、この男が警備員をしてた」

ストライプビル渋谷の手前、通りに向かって大きく口を開けた搬入口。大型トラックを無精髭を生やした背の低い警備員が気怠《けだる》そうに誘導していた。

名前もわからない警備員に一礼して、丈太郎は工事現場を通り過ぎた。夜遅くまでご苦労さん、なんて心の中で呟いた。

ヘルメットを被ったその顔を、丈太郎は確かに見た。

「顔を見たのに、気づかなかった」

暗かったから？　一瞬だったから？　髭を生やしていたから？　もしくは、記憶する価値すらないと思っていたからか。

あの無精髭の警備員を、およそ二ヶ月前——横浜で開催された陸上競技大会で、俺は殴っている。

「めちゃくちゃボロいアパートだよね。神泉《しんせん》から徒歩五分っていうから、もうちょっといい家なのかと思った」

後部座席であんパンを囓《かじ》りながら、智亜が欠伸《あくび》混じりに呟く。久しぶりに運転する愛車のジムニーの運転席で牛乳パックにストローをさし、丈太郎は適当に流し読みしていた週刊現実の今週号をダッシュボードに置いた。

フロントガラス越しに、路地の先にあるアパートを睨みつける。

午前四時半を回り、日の出を迎えた街はじわじわと明るくなっていく。渋谷から一駅の神泉が最寄りとはいえ、この時間は静まりかえっていた。

白み始めた空の下、住宅街に肩身が狭そうにたたずむアパートは確かに古かった。木造でこそないが、外壁は黒ずんでいるし、外階段は手すりが赤く錆《さ》びついている。

そんなアパートの二階の端が、通り魔――いや、丈太郎が殴りつけた逸見篤郎《へんみあつろう》の家だった。

「カメラマンなんてなあ、稼《かせ》げない奴がほとんどなのよ」

「おじさんも？」

「おお、俺の今住んでる家、こことたいして変わらないぞ」

牛乳パックを吸いながらぼやくと、助手席からエイジが「ていうか、なんで牛乳とあんパンなの」とパンの袋を開けながら聞いてきた。

「張り込みのときはあんパンと牛乳なんだよ。様式美ってやつだ」

「平成飛び越えて昭和の刑事ドラマのノリじゃん。そんなんでよくここまで辿り着けたよね。

建設現場であんな上手く通り魔のシフトを聞き出せると思わなかったし、家まで割り出すとか、どういう情報網してんのさ」

昨日、ＩＤカードを拾ったその足で例のビルの建設現場に向かった。「もしかしてこのビルの人のかなと思って～」と親切な一般人のふりをしてカードを届け、持ち主である逸見篤郎がその日は警備のシフトに入っていないことを確認した。逸見は確かにＩＤカードをなくし、上司に厳重注意をされたのちに再発行手続きをしたばかりだという。

あとは、窓口の人間や昼のシフトに入っていた警備員に馴れ馴れしく話しかけて、逸見の次のシフトが翌日の午前五時からだと聞き出した。このときばかりは、俺にも実は芸能カメラマンの才能があるかもしれないと本気で思った。

だが、本物は話が違った。生粋《きっすい》の芸能カメラマンである篠田に「俺が殴ったカメラマンの住所が知りたい」と頼んだら、ものの数時間で住所を送ってきた。どうやったのかと聞いても篠田は「企業秘密です」と言うばかりだ。やはり俺は芸能カメラマンにはなれない。

「おじさんも意味なく優しいよね。通り魔の住所なんて調べなくても、あの建設現場で待ち構えてればいい話だったのに」

「優しくはないだろ。住所を突き止めてるだけむしろ悪質だ」

あんパンを頬張りながら、エイジが眉を寄せる。

「要は、通り魔にこっそり自首を勧められたらいいなって思ってるんでしょ？　サクッと通報しちゃえばいい話なのにさ」

「俺が暴力を振るった相手だからな。悪かったとは思ってんだよ」

逸見に非がないわけではない。だがそれは丈太郎が殴っていい理由にはならない。逸見に罰《ばっ》を与えるのは彼がいた会社や大会の運営組織の役目であって、丈太郎ではなかったのだから。

「あ」

あんパンを咀嚼《そしゃく》していたエイジが動きを止めた。

「出てきた」

車内の視線が一斉にアパートの二階に向く。端の部屋のドアが開き、男が一人出てきた。遠目にも髭を生やした男なのがわかった。間違いなく逸見篤郎だった。

「行くぞ」

カメラを抱えて運転席のドアを開けると、エイジはスケートボードを抱えて助手席を降りた。智亜だけが、あんパンの端を咥えたまま後部座席でふて腐《くさ》れている。

「約束通り大人しく待ってろよ」

土曜で学校も休みだから一緒に行きたいという智亜に丈太郎が出した条件が、「車から出ないで待ってろ」だった。通り魔の可能性が高い男の前に、中学生を連れて行けるわけがない。

「トモはここからスマホで動画でも撮っとけ」

「えー、どうせおじさんも撮るのに？」

「俺が死んだときのためだ。何かあったら警察に連絡しろ」

「うわ、わかりやすい死亡フラグ」

「死なねえよ」

死亡フラグを重ねてしまったような気がしたが、構わず車を降りた。

逸見はアパートの階段を降りると、神泉駅の方へ向かって歩き出した。まだ始発には早いから、歩いて建設現場まで向かうのだろう。

充分に近づいてから声をかけようと思ったのに、こちらの殺気を感じ取ったのか、逸見が唐突に足を止め、こちらを見る。

「……逸見、篤郎さんですよね」

声が喉元に引っかかって震えてしまう。無精髭を生やしたせいで印象が違うが、確かに丈太郎が殴ったカメラマンの顔だ。数メートルの距離があってもはっきりわかる。

「五月の、あの大会以来ですね」

丈太郎の顔を見て、逸見は明らかに狼狽えた。

「……あんたか」

一歩後退《あとずさ》って、肩を強ばらせる。

「四日前、ヒカリテラスの横で俺を殴ったのは、あなたですよね」

俺を殴ったのはいい。だが、あんたがそのあとぶつかったホームレスは、今も意識が戻ってないぞ。そう伝えようとしたのに、逸見は勢いよく踵《きびす》を返した。

無言で、丈太郎達から逃げていく。

「ほら、言わんこっちゃない」

エイジの溜め息を合図に、丈太郎は走り出した。「待てコラ！」と叫んだが、逸見は足を止めない。

「おい、足速ええな。絶対陸上部だっただろあいつ！」

明らかに経験者なフォームで走る逸見に、思わず吐き捨てた。丈太郎より少し若いくらいだろうに、足の回転が違う。

「アレは間違いなく中距離だな。スピード感が長距離選手と違う」

「感心してる場合か馬鹿！」

エイジがスケボーをアスファルトに放り投げる。勢いよく飛び乗って、地面を蹴って、丈太郎を指さした。

「回り込むから、おじさんはそのまま追っかけて！」

二股《ふたまた》に分かれた道の右側を逸見は迷うことなく走り抜けていった。アスファルトを鋭くプッシュしたエイジは進路を左側に取り、丈太郎はまっすぐ逸見を追った。

カメラを抱えているせいもあって、ついでにあいつに殴られた右肩が痛くて腕が振れないのもあって、逸見の方が明らかに速い。徐々に距離が開いていって、入り組んだ住宅街の先に逸見の姿が見えなくなる。

「ああっ、ぜってえ中距離選手だあいつ！」

吐き捨てたら視界が開けた。神泉駅前の踏切まで来てしまったらしい。

スケボーを抱えたエイジが、踏切の向こうで周囲を見回している。

「逸見はっ？」

息も絶え絶えに辿り着いた丈太郎に、エイジは「見失った」と首を横に振る。

「いや、足速すぎない？　後ろ姿すら見えないってどういうことよ」

「駅がもう開いてる。中に逃げ込んだかもしれない」

始発にはまだ早いが、駅の出入り口はシャッターを開けている。あと十分ほどで始発電車が来るはずだ。

「見つからなかったら問答無用で職場に行くしかないね。バックレないといいけど」

駅舎に向かうエイジに、息を整えながら丈太郎も続いた。

そのときだった。

線路の周りに敷き詰められたバラストが、穴ぼこのように崩《くず》れているのに気づいた。しかも、一つだけではない。二つ、三つ、四つ……点々と線路に沿って続いていく。

明らかに、人の足跡だった。

足跡の先にはトンネルがある。細いトンネルが上りと下りで一本ずつ。神泉駅を出た電車はすぐにトンネルに入り、そのまま渋谷駅の京王井《けいおうい》の頭線《がしらせん》ホームに入るのだ。

「こっちだっ！」

叫んで、バラストに足を踏み入れた。尖《とが》った石と靴底が擦れてガリッと鈍い音を立てた。

「俺が責任持って追いかけるから、お前は念のため渋谷駅に先回りしろ」

「いや、おじさん、正気っ？」

目を丸くするエイジに「正気だ！」と叫び返した。

「まだ始発まで時間がある。頼んだ」

返事は待たず、丈太郎はトンネルに飛び込んだ。背後でスケートボードのウィールがアスファルトを打ち鳴らす音がした。

トンネルの中は暗かった。バラストが途切れ、ひんやりと冷たい空気の中、枕木《まくらぎ》を蹴る自分の足音が大きく響く。自分の息遣いまで二重三重に反響した。

神泉と渋谷の間の乗車時間は二、三分だったはずだ。距離にすれば五百メートルほどだ。走ればあっという間に井の頭線のホームに着いてしまう。下りの始発なら乗車人数も多くないから、素知らぬ顔でホームによじ登って逃げられるかもしれない。

案の定、緩《ゆる》やかなカーブを曲がると、トンネルの先が薄く明るくなっていた。渋谷駅のホームの明かりだ。

眩《まぶ》しさに顔を顰めたら、思ったより近いところに人影が見えた。トンネルの壁にもたれかかり、両手を膝にやって肩を上下させる逸見だった。

「逸見ぃ！」

声がトンネルの中を跳《は》ね回る。ゆっくりこちらを振り返った逸見の顔は、暗くてよく見えなかった。

「お前っ……線路に侵入ってしっかり犯罪だからなっ。懲役刑《ちょうえきけい》あるぞ、懲役！」

硬《かた》く冷たい壁に右手をつき、大きく息を吸い、吐き出し、逸見を睨む。

「それだけじゃない。お前が四日前に突き飛ばしたホームレス、意識不明のまま入院してるからな」

「知ってるよ、散々ニュースでやってんだから」

丈太郎と同じようにぜえぜえと喉を鳴らしながら逸見は言った。彼の声を聞くのは初めてではないはずなのに、声に全く覚えがない。

「……どうして、俺を襲った。仕返しのつもりか」

だとしたら、俺をビール瓶で殴ったことには何も言わない。だが、小森を突き飛ばして大怪我を負わせたことだけは、償《つぐな》うべきだ。

途絶え途絶えにそう伝えた丈太郎に、逸見は無言のままだった。変わらず肩を上下させながら、丈太郎を睨みつけている。

肩の震えが鎮《しず》まるのに反して、逸見の目がすごんでいく。暗がりでも明確にそれがわかる。

「相変わらず、正義の味方面しやがって」

苦々しげに吐き捨てた逸見が、体を左右にふらりふらりと揺らしながら丈太郎に歩み寄る。

「俺を殴ったときのあんた、自分は間違ってないって顔してたよ」

五月の大会を思い出す。逸見がテレビ局のスタッフとしてカメラを構え、丈太郎はスチールカメラマンとしてグラウンドにいた。

男子5000メートルの終盤。一位の選手がゴールした直後、逸見はその選手を正面から撮ろうとコースを横切った。ラスト一周に入ろうとしていた別の選手と衝突し、ぶつかった選手は転倒してそのまま棄権《きけん》した。

「俺だって、やっちまったって後悔したんだ。不注意だった。ディレクターの命令通り一位の選手を撮ることばかり考えて、周りが見えてなかった。俺が全部悪いって、俺が一番よくわかってた。わかってたけど、ディレクターもプロデューサーも全部俺のせいにして、俺だけがバッシングされることを、不満に思うのはおかしかったか。俺のせいじゃない部分を必死に探したのはおかしかったか」

そんな逸見に、丈太郎は摑みかかった。「俺は悪くない」という態度でいた彼を、どうしても許せなかった。

——別に、順位に影響はなかっただろ。

そう呟いた逸見を、丈太郎は殴ったのだ。

逸見と衝突して転倒した選手は、あの日が引退レースだった。決して強いランナーではないが、どんなレースでもひたむきに走る選手だった。

「あのランナーは最下位だった。俺が妨害したのは事実だけど、順位には影響は出なかった。俺が、唯一辿り着いた言い訳だった。どうせ俺が悪いんだ。そこにしか救いがなかった」

ふざけるなと叫びたかった。ミスは誰にだってある。取り返しのつかない事態を前に、自分を正当化したくもなる。それでも「順位に影響はなかった」なんて言葉で自分の過失を軽くしようとするのは、絶対に違う。それはアスリートの努力を愚弄《ぐろう》している。

言ってやりたいのに、どうしてだか、喉が詰まって声にならない。

「あんた、暴力カメラマンって自分だけが仕事を干されて、自分だけが可哀想《かわいそう》だと思ってただろ。先月、青山《あおやま》通りで全身から『僕は可哀想です』ってオーラを出して歩いてるあんたを見て、つくづく思ったよ。俺の顔なんてころっと忘れて、『お互い大変ですね』って顔で会釈《えしゃく》までしやがって」

逸見の口からツバが飛ぶ。建設現場で警備員をしていた彼に自分がどんな顔で会釈したか、丈太郎は思い出すことすらできなかった。

そうか。そうだったのか。溜め息を呑み込んで、丈太郎は右手を握り込んだ。

「ネットで叩かれてんのはあんただけじゃねえよ。俺だって散々バッシングされてんだよ。会社に苦情の電話が何百って来たんだよ」

「それで、辞めたのか、カメラマン」

「会社は、俺が自分から辞めたって言うだろうけどな」

悲しいかな、それだけで騒動後に逸見に何が降りかかったのか想像できてしまう。

「それなのにあんたは俺の顔すら覚えてないし、あのあとも随分楽しそうに渋谷で若い連中と遊び歩いてるじゃないか」

「……遊び歩いてる？」

聞き返した丈太郎にそんなに腹が立ったのか、逸見が一歩、また一歩こちらに歩み寄ってくる。湿った足音が丈太郎のうなじを撫でた。

「この数週間、バイト終わりに渋谷を歩いてるとさ、あんた達をよーく見かけたよ」

丈太郎の胸ぐらを摑み、前後に揺すってくる。

「スケボーに乗って楽しそうにカメラ回してたよな。宇田川町のタイ料理屋の前で！　そのへんのビルのエントランスで！　俺への当てつけかってくらい、しょっちゅうあんたを見たよ。俺のことなんてすっかり忘れて、ほとぼりが冷めるまでの休暇を楽しんでますって顔してるあんたを！」

逸見の言葉を聞きながら、エイジと出会ってからの一ヶ月弱のことを思い出していた。確かに俺は、金メダリストを間近で撮ることを楽しんでいた。謹慎中《きんしんちゅう》もカメラを回さないと腕が鈍るからと言いながら、ただ純粋に彼を撮ることを楽しんでいた。

その姿は、逸見からしたらさぞ腹立たしかっただろう。殴りたかっただろう。カメラごと、何もかも奪ってやりたくなっただろう。

「あの日さ、バイト終わりにヒカリテラスの側であんたを見て、プチンと来たんだよ。嬉《うれ》しそうにカメラを抱えてるあんたを見て、もう殺してやろうと思ったんだ」

だから、近くの自販機のゴミ箱に放置された瓶ビールに手を伸ばした。俺を殴った。なのに俺は死なず、逃げる途中の逸見とぶつかった小森が生死の境を彷徨《さまよ》っている。

その小森は、矢本健司を知っていて、矢本はエイジの父親かもしれなくて――。

「……そうか」

すべては、俺のせいだったのか。

喉が震えて、何故か笑みがこぼれてしまった。目を瞠《みは》った逸見は、「何がおかしいんだよ」

と絞り出すように唸《うな》った。

逸見に突き飛ばされ、枕木に足を取られながらよろよろと後退した。

「わかってるよ。あんたへの暴行？　窃盗未遂？　あのホームレスへの傷害？　ああ、死んじゃったら傷害致死か……あとついでに線路侵入で、とにかくもう終わりだろ。あのレースの日から、俺の人生、とうに終わってたんだ」

あんたは悪くないんだろうな。わかってるよ。ただ、どうしてだか、あんただけが許せないんだよな。

そんなことを呟きながら、逸見は穿《は》いていたジーンズのポケットから何かを取り出した。

あの日、丈太郎を殴りつけたビール瓶に一瞬だけ見えたが、違った。もっと細く、薄く、鋭《えい》利《り》な――。

「あんたを殴った日から、これを持って出歩くようになったんだ。なんとなくさ、あんたは俺に辿り着くんじゃないかと思ったんだよ。俺を殴ったときと同じ顔で、俺を糾弾《きゅうだん》しに来るんだろうなって」

逸見が丈太郎に向けたのはアウトドア用のナイフだった。

「こうなること、期待してたのかもな」

薄暗い中で鈍色《にびいろ》に光る切っ先が、逸見の語尾に合わせて震える。

「……おい」

声が擦れた。逸見はもう何も言わなかった。何も言わずナイフを振り上げ、無表情で丈太郎に斬りかかった。

こちらの方が上背《うわぜい》があるから、逸見の腕を押さえ込んでやろうとした。右腕を伸ばした瞬間、肩に鋭い痛みが走る。腕が上がらなかった。ああ、これはまずい。まずいと思うのに、体は勝手に自分よりカメラを守ろうと黒いボディを胸に抱く。

こちらの腕を払いのけ、逸見はナイフを丈太郎の腹に突き立てた。

ずぷりと刃先が深く突き刺さる音が聞こえた。あまりに素っ気《そけ》なく、あっさりとした音だった。逸見の手を離れたナイフが、確かに自分の腹部に刺さっていた。

火のような痛みが喉元まで走って、全身が痙攣し、四肢《しし》が動かなくなる。為《な》す術《すべ》もなく、丈太郎は線路に倒れ込んだ。レールに後頭部を打ちつけ、衝撃と一緒に耳の奥でキーンと甲高い音が鳴った。

満ち満ちに膨《ふく》らんだ風船が破裂するように、視界が真っ暗になる。

逸見が頭を掻きむしって何かを叫ぶのが、最後に見えた。

◈

馬鹿だろ、あの人。

住宅街の細い路地をスケートボードで滑り抜けながら、大和エイジは長いこと我慢していた舌打ちをこぼした。

通り魔の正体が逸見篤郎だとわかった時点で、さっさと警察に任せておけばよかったのだ。宇田川交番の笹森なら意気揚々《ようよう》と捕まえに行っただろう。

暴力騒動とやらの贖罪《しょくざい》なのか知らないが、それをわざわざ自分の手でどうこうしようだなんて、お人好しが過ぎる。赤の他人なはずの長距離選手のために、レースを妨害したカメラマンを殴って仕事を干されるわけだ。

そのお人好しの相手をしてやってる自分に、腹立たしいを通り越して呆れてしまう。

道玄坂へ繋がる裏渋谷通りに出たところで、スマホで智亜に電話をかけた。いつも通り彼女はワンコールで出た。

「トモ、ちゃんと車にいる？」

『いるよぉ〜。二人ともどこまで行って……』

「あとで全部説明するから、何も聞かず裏渋谷通りから井の頭線の渋谷駅のホームへの最短ルート調べて。二分以内に着きたい」

『え、わかった』

こういうとき、智亜は本当に何も聞かずに行動に移る。電話の向こうで大量のアプリを立ち上げ、高速でフリック入力するのが気配だけでわかった。

ものの十秒で『道玄坂上交番前の交差点を右折！』というナビが飛んできた。

『道玄坂は下っちゃダメ。井の頭線ならパークシティの中のアベニュー口改札が近いけど、今はパークシティが営業時間じゃないから、西口が最短ルート』

「了解、やっぱりそうなるよな」

智亜の言う通り、道玄坂上交番前の交差点を右折した。幸い信号は青で、歩行者はいなかった。車通りがほとんどないのをいいことに、交差点を大きく斜めに横切った。

交差点にウィールの摩擦音《まさつおん》が響いて、側の交番にいた警察官と目が合ってしまった。

「うわ、俺、今いくつ法律違反したんだろ」

スケボーでの車道走行に加えて、ながらスマホ。他にもきっと何かしている。これはあとで大目玉を喰《く》らうに違いない。

『エイジ君、右折したらウェーヴ通りを下って。そのまま――』

「そのまま坂を駆け下りれば西口だ！」

迷うことなくウェーヴ通りに入った。雑居ビルに囲まれた狭い通りは、幸運なことに車も走っていなければ通行人もいない。

「トモ、ありがとう。念のため笹森さんにも連絡しておいて」

『エイジ君が渋谷をスケボーで爆走してるけど見逃してあげてって？』

「あと、例の通り魔事件の件で進展があったから渋谷駅まで来てって」

『了解！　ちなみにエイジ君が道玄坂上の交番を通過して、ちょうど三十秒たったよ』

智亜はそう言って電話を切った。しっかり時間まで計っていたらしい。さすがはうちのチームのスポッターだ。

「あとはフィルマーだな」

汚れたアスファルトを強く蹴る。生ぬるい夏の風が、頬骨にシンと染み入る冷たいものに変わる。

どうしてだか、東京オリンピックのことを思い出した。スケートボード競技の会場は江東区《こうとう》の有明《ありあけ》アーバンスポーツパークだった。照りつける太陽に肌を焼かれ、高湿度の海風に吹かれながら、額の汗を拭った。照り返しのきついコンクリート製のコースを睨みつけた。

無観客の静かな会場には、風の音だけが響いていた。ここで誰よりもすごいトリックを決めれば、何かが起こると信じていた。

金メダルを手にしたが、何も起こらなかった。いや、正確には、求めていなかったことばかりが起こった。自分の欲したものは何一つやって来なかった。

だから――あのオリンピックから三年、俺はただひたすら、拗《す》ねていたのだと思う。

「……もう一分たつかな」

神泉駅前で丈太郎と別れてから、三分近くたっただろうか。

渋谷駅へ続く急勾配《きゅうこうばい》を高速で滑り降りた。姿勢を低く低く低く――ただひたすら速く。轟《ごう》音《おん》が自分の体を包む。

駅前の飲食店が集まるT字路が近づいて、徹夜明けで始発を待っているらしい若者グループが迫り来る轟音に顔を上げた。ふざけたスケーターがこちらに突っ込んでくるとでも思ったのか、わたわたとその場から逃げようとする。

誰がそんな無様なことをするか。

地面すれすれに体を傾け、T字路を左折した。大きく膨れて若者グループの目と鼻の先を通過してしまったから、「ごめんなさーい！」と謝っておいた。

京王井の頭線のホームは、商業ビル・渋谷パークシティの中にある。スピードを抑えることなく、エイジは「西口」と看板が掲げられた改札に飛び込んだ。

改札のランプが真っ赤に点灯し、警告音が鳴り、ゲートが閉まる。あとでお金払うから。そう胸の奥で謝って、ゲートをオーリーで飛び越えた。「世界一汚《きたね》えオーリーだ」と思わず声に出した。

始発前の改札内は閑散《かんさん》としていた。スケボーを担《かつ》いで階段を駆け上がると、静まりかえったホームはほとんど無人だった。始発を待つ人が、中央口改札に近いホームの端に二、三人いる程度だ。

逸見の姿も、丈太郎の姿も、どこにもない。

ホームの発車標に始発電車の出発時刻が表示されている。渋谷駅発の始発は五時ちょうど。その少し前には上りの始発が到着するはずだ。

「まだ中にいるのかよ」

誰もいないホームの先端に向かって、エイジは再びスケボーに飛び乗った。

トンネルの中を蠢《うごめ》く影を見つけた。男が一人、こちらに向かって走ってくる。

デッキの後ろ側《テール》を蹴って、ホームの端の鉄柵《てっさく》を飛び越えた。美しく高いオーリーだった。なんであのおじさんがカメラを回していないのか腹立たしかった。

速度を落とさず線路に飛び降り、バラストを避けてテールのトラックを線路のレールに引っかけた。猛スピードのグラインドに火花が散って、トラックとレールが擦れ合って甲高い音を立てる。

前を見据えた。男の姿が鮮明になる。その姿は間違いなく、逸見だった。

こちらに気づいて足を止めた彼に、エイジは枕木を蹴って飛びかかった。

逸見の手に、血がこびりついている。まだ新しい、真っ赤な生々しい血液だった。

「なんであんた一人なんだよっ！」

逸見を殴りつけ、線路に押し倒す。バラストが飛び散って逸見が呻いたが、構わなかった。

投げ出された掌《てのひら》には傷一つないのに、血がついている。逸見を押さえつけた腕が、指先が、震えた。

それは、つまり――。

「おい、うちのフィルマー、どこに行った！」

トンネルにいくら目を凝《こ》らしても、丈太郎の姿がない。

「さあ、死んだんじゃないの」

笑い混じりに逸見が吐き捨てる。

胸の奥で何かが爆《は》ぜた音がして、こめかみが熱くなった。

「何がフィルマーだ。ふざけやがって」

苦々しげにこちらを睨んだ逸見が殴り返してくる。寸前のところで避《よ》けて、思いきり顎を蹴り上げてやった。

逸見の口から泡が飛んで、線路に高らかに頭を打ちつけた。

「ふざけてない。真剣に遊んでんだよ」

か細い呻き声を上げて白目を剝《む》いた逸見を置いて、走った。

トンネルを進むとバラストが途切れた。線路の端のわずかな隙間《すきま》にスケボーを滑らせた。耳障《みみざわ》りで歪《いびつ》な走行音に、眉を寄せる。

駅のホームが遠ざかるにつれトンネルの中の空気が淀んでいく。「おじさん！」と叫んでも、こちらの声が反響するばかりで返事がない。

どうしてあの男のためにここまでしているのだろうと、頭の隅《すみ》で首を傾げている自分がいる。それに対する答えをあっさり出せてしまっている自分も、やっぱりいる。

渋谷ヒカリテラスの階段から彼が自分と一緒に跳《と》んだとき、こいつは地獄までついてくる気かもしれないと思った。地獄に落ちる気はさらさらないけれど、このスポーツカメラマンはカメラ片手にどこまでだって俺についてくる。

この男は、どこまでも俺を撮り続けてくれるかもしれない。どんな場所で滑ろうと、どんなトリックを決めようと、横を見れば必ずこの黒ずくめの男がいる。世界中の人間が無理だと言っても、もうお前には付き合ってられないと言っても、与野丈太郎だけは文句を言いながらカメラを構える——そんな期待をしてしまった。

愉快《ゆかい》で愉快で仕方がなかった。東京オリンピックが終わってからすっかり停滞していた自分の中の時計を強引に動かしたのは、どうしたってあのおじさんだったのだ。

それにしたって。

「あんた、服が真っ黒だから全然見えないんだよ馬鹿！」

叫んだ瞬間、線路に横たわる何かが見えた。

両足をだらしなく投げ出して、そのくせ仕事道具のカメラだけはしっかり胸に抱え、与野丈太郎は見事に気を失っていた。

彼の腹部に何かが突き刺さっているのが見えて、息を吞んだ。逸見の手にこびりついていた血の赤色が脳裏《のうり》を埋め尽《つ》くす。

「おじさん！」

駆け寄ってまじまじと見たそれは、確かにナイフだった。丈太郎の真っ黒なTシャツに恐る恐る触れると、生温かく湿った感触がした。

「起きろっ、起きろってば！」

揺すっても頰を叩いても起きない。起きやしない。何度確認しても、丈太郎の腹にはナイフが突き刺さったままだ。血が流れ出たままだ。

「スポーツカメラマンはしつこいんじゃなかったのかよっ。どこまでだって撮りに行くってあんたが言ったんだろ！」

そのとき、前方から鋭いオレンジ色の光が差し込んだ。渋谷駅とは反対側——神泉駅の方から、巨大な光が近づいてくる。

がたん、がたん、という規則的な振動が、線路を通して腹の下に響いてきた。

❖

横浜の競技場でカメラを回していた。目の前のトラックを色とりどりのユニフォームをまとった選手達が駆け抜けていった。

一位の選手がゴールテープを切った瞬間、彼を正面から撮るため丈太郎はコースを横切った。依頼主であるスポーツ雑誌の編集が「絶対に撮れ」と命じたときの顔が脳裏をよぎった。まだレースが終わってないこと、後続の選手がいること。頭ではわかっていた。わかっていたのに、左右をよく確認せずに飛び出してしまった。

結果、猛スピードで走ってきた選手と衝突した。最下位を走っていた選手だった。彼は転倒し、起き上がれなくなった。とんでもないことをしてしまった。

全部自分の不注意だった。わかっているのに、そうではない理由を探してしまう。どこかの誰かが、俺は悪くないと言ってくれないだろうか。仕方なかったと言ってくれないだろうか。

そんな愚《おろ》かな丈太郎に、別のカメラマンが歩み寄る。「あんた、何やってんだよ」と丈太郎の胸ぐらを摑んでくる。

それは逸見篤郎の顔をしていた。髭は生えておらず、清涼感のある真面目《まじめ》そうな男だった。わかってる。俺が悪いのはわかってる。

でも、

「別に、順位に影響はなかっただろ」

苦し紛れに、そんな醜《みにく》く幼稚《ようち》な言い訳を吐いてしまう。

直後、逸見は丈太郎を殴りつけた。

目を開けたら夜の渋谷にいた。丈太郎はヘルメットを被り、建設現場の警備をしていた。

ああ、そうか、仕事をクビになったんだった。その瞬間、目の前を逸見が通りかかった。俺を殴って仕事を干されたという逸見は、俺の顔を見て「お互い大変ですね」とでも言いたげに会釈してきた。どうやら、俺の顔などすっかり忘れているらしい。

世界で一番俺が可哀想だ。そんな顔で逸見は歩いていった。

瞬きをしたら、夜の渋谷を歩いていた。仕事終わりで全身が怠《だる》かった。タイ料理店の前の階段で、金髪の少年がスケボーで遊んでいる。

彼の姿を、逸見が楽しげにカメラに収めていた。

何日も何日も、渋谷のいたるところでそんな逸見を見かけた。仕事を失ったのは同じなのに、どうしてあいつだけ楽しそうなのか。俺はカメラを持とうとすら思えないのに。

ある夜、渋谷ヒカリテラスの側で再び逸見を見かけたとき、丈太郎の頭の中でプツンと何かが切れる音がした。視界に自販機の青い光が差し、横のゴミ箱の上に放置されたクラフトビールの小瓶が目に入った。

べたついた瓶を摑んで一歩踏み出した瞬間、誰かに横っ面を叩かれた。

刺すような強い光と、後頭部から響いてくる歪な走行音に目を開けた。ぼやけた視界の中心に見慣れた金髪があった。鮮やかな黄金色《こがねいろ》。オリンピックの金メダルと同じ色だ。

「……大和エイジ」

エイジの顔に鋭い光が射す。彼の頬が強ばるのを見て、光が電車のヘッドライトだと気づいた。

「何やってんだ！」

握り締めていたカメラをエイジに押しつけ、彼の体を抱え込んだ。腹に何か刺さっている。

「なんだ邪魔だなちきしょう」と毒づき、引き抜いてぶん投げる。

エイジが何か叫んで暴れたが、問答無用で押さえ込んで線路に丸くなった。

その行為に意味があるのかと思いながら、大きく息を吸って、止めた。ぎゅっと目を閉じて、願った。頼む頼む頼む……それが何になるのかわからないが、とにかく願った。

数秒後、キーッという甲高い音を立てながら、全身に響いていた振動が止んだ。

顔を上げると、井の頭線のピンク色の車輛が数メートル先で停車していた。運転手が呆然《ぼうぜん》とこちらを見ている。

「た……たすかった……」

大きく溜め息をついた瞬間、エイジに肩口を突き飛ばされた。

「全然助かってない！」

エイジのTシャツの胸元が赤く汚れている。血だった。「血？」と首を傾げた瞬間、腹部に激痛が走った。

「うわ、待って、痛い……普通に痛い。え、腹ってちょっと切れただけでこんなに痛いの？ていうか頭も痛え、絶対コブになってる……」

困惑する丈太郎の胸ぐらを、エイジが摑んでくる。「ふざけんな！」と前後に揺すってくる。

「あんた死ぬ気かよっ。電車は止まったからいいけど、止まったからいいけどさ！　ナイフ刺さったままぶっ倒れてるあんたを見た俺の気持ちを考えろ！」

電車と丈太郎を順番に指さして叫んだエイジの顔が、一瞬だけ子供っぽく歪《ゆが》む。親に向かって泣き叫ぶ子供の顔になる。

「そもそも、あんだけ思いきりナイフぶっ刺さって、なんでそんな元気なんだよ！」

シャツの裾を乱暴にめくり上げられる。ギョッと目を瞠ったエイジに、丈太郎は生え際の白髪を掻いた。

腹に仕込んでおいた週刊現実の今週号は、表紙の真ん中に見事に穴が開いていた。血も滲んでいた。ただ、こいつのおかげで逸見のナイフは深くは刺さらなかった。

「これがなかったらお前の言う通り本当に死んでた、確実に死んでた」

雑誌をのけると、ヘソの上に切り傷ができて血があふれている。見てしまうとだんだん痛みが増してきて、我慢できず呻いた。

そんな丈太郎を、エイジが呆然と見ていた。

「なに、その昭和の刑事ドラマみたいな助かり方」

くすりとも笑わず、丈太郎を睨みつけている。

「いや、瓶ビールで殴ってきた相手だし、有事の際はおじさんが体張って若者を逃がすくらいしないとなと思って、車降りるときに念のため腹に挟んでおいたのよ。でもやっぱり昭和と違って令和の週刊誌は薄いのなあ〜。昭和の週刊誌だったら無傷だったろうに……」

でも、よかったよかった。わざとらしく呑気《のんき》に笑ってみたものの、エイジの表情は変わらなかった。怒っている。信じられないほど怒っている。

「何がよかっただ！」

さっきよりずっと乱暴に、丈太郎の胸ぐらを摑んできた。

「おじさん、スポーツ馬鹿を極めすぎて優先順位がバグってんだよ。自分より撮影データを大事にするし、自分より金メダルを大事にするし、挙げ句の果てに——」

エイジの喉元で、言葉がすーっと溶けて消えたのがわかった。どうしてだか、わかった。

「……なんで、自分の子供でもない赤の他人のために命張るんだよ」

「何に命を張るかは俺の勝手だろ」

説明しろと言われても困る。大怪我をしたらしたで後悔するし、死んだらそれこそあの世で「なんであそこまでしたんだ……」と呆然とするに違いない。せめて娘が二十歳《はたち》になるのくらいは見届けたいのが親としての願いだ。

ただあの瞬間、自分より目の前の生意気なスケボー少年の方が優先度が高かったことだけは確かだった。

「俺の手足の一本や二本どうなっても世界にはなんの影響もないけど、お前は違うんだよ」

「また俺が金メダリストだからどうだこうだって言うわけ？」

「お前のとんでもないトリックをもっと撮りたいからだよ」

それだけは、本心だと胸を張って言えた。

何か言いかけたエイジが、そのまま口をへの字にする。

「あんたが死んだら、撮れる奴がいないだろ」

そう言われたら、確かにそうだった。ぐうの音《ね》も出ない丈太郎に、エイジが盛大な溜め息をついた。

「心配させて悪かった」

素直に謝ったものの、エイジは「もう二度と心配してやらない」とそっぽを向いた。

井の頭線の運転席から、運転手が「そこを動くなー！」と怒鳴ってきた。

第五話

トップ・オブ・コンコルド24

パンダエスプーマは当然ながら泡状のパンダではなく、ミルクのエスプーマにチョコレートソースでパンダの顔を描いたものだった。

「かわいい、めちゃくちゃかわいい。持って帰りたい。食べるのもったいない」

パンダエスプーマのかき氷を前に、一人娘の結衣《ゆい》は目を輝《かがや》かせた。もったいないと言う割に、「でも溶けたら不細工になっちゃうからね」と速攻でスプーンで掬《すく》ってしまった。

「お父さん、アイスコーヒーだけでよかったの？」

ツヤツヤのボブカットを揺《ゆ》らし、結衣が首を傾《かし》げる。

「いいよ。お父さん、最初は美味《おい》しくても最後の方で持て余すってわかってるから」

なにせ、かき氷がでかいのだ。結衣の顔よりでかいのだ。半分と食べないうちに頭痛で死ぬんじゃないかとさえ思う。

混み合う店内で、客はみんな同じものを食べていた。当然ながら若い女性客ばかりなのだが、どうしてみんな涼《すず》しい顔でいられるのか。

「髪《かみ》、いつ切ったんだ」

四月に最後に会ったとき、結衣の髪は背中まであった。そもそもずっとロングヘアだったのだ。保育園に通っていた頃なんて、丈太郎《じょうたろう》が毎朝三つ編みにして送り出していた。

「えー、いつだっけ。五月くらいかな」

「何かあったのか？」

「友達がみんな短いから、私もしてみよっかなと思って」

かき氷を頬張《ほおば》りながら、結衣が丈太郎の顔を——正確には、頬《ほお》に貼《は》られた絆創膏《ばんそうこう》を見る。

「お父さん、さっきからずっと聞こうと思ってたんだけど、なんでズタボロなの？」

「うん、ズタボロに見えます？」

「うん、ほっぺ痛そうだし、右肩上がらないみたいだし」

ついでに腹の刺《さ》し傷はちょっと縫《ぬ》ってあります……なんて、娘に言えるわけがない。

「お母さんから何も聞いてないか？」

「渋谷《しぶや》で悪い人を捕まえようとして死にそうになったって」

「おう、その通りだよ」

逸見《へんみ》は逮捕された。渋谷駅で伸びていたのを、始発を待っていた客に見つかった。その客がホームの非常停止ボタンを押してくれたから、丈太郎とエイジは轢死体《れきしたい》にならずに済んだ。

そのせいで京王井《けいおうい》の頭線《がしらせん》は一時間遅延し、渋谷駅には警察は来るし、この一ヶ月で何度目ともわからない事情聴取を受け、駅員から大目玉を喰《く》らった。だが、幸いそれだけで済んだ。

渋谷のスケボー通り魔の逮捕は土日の間だけ世間を賑《にぎ》わせ、月曜日になると芸能人のゲス不倫《ふりん》騒動に掻《か》き消された。ちなみにこのゲス不倫を報じたのは週刊現実で、スクープ写真を撮《と》ったのは篠田《しのだ》だった。

逸見の罪は何になるのか。丈太郎をナイフで刺した以上、殺人未遂は確実だ。意識不明で未《いま》だに入院している小森《こもり》が快復するかどうかで、罪の重さも変わるだろう。

「まだ痛いの？」

自分の頬を指さして、結衣が聞いてくる。

「そんなに痛くないよ。もう元気だから大丈夫」

嘘だ。頬の切り傷はまだしも肩はまだ全然痛むし、逸見に刺された腹は週刊現実のおかげで深さ一センチ程度の傷で済んだのだが、それでも充分すぎるほど痛い。

「悪いな、心配かけて」

「心配はするけど、お母さんが『お父さんは仕事に一生懸命すぎてやりすぎちゃうの』って言ってたから」

さすが元妻だ。丈太郎の性質をよくわかっている。

「学校はどうなんだ。新しいクラス、楽しいか？」

数週間前、冴恵《さえ》から「クラス替えで仲良しのお友達と離れちゃった」と聞かされたのを思い出し、さり気なく探りを入れる。

「え、新しいクラスって、もう夏休み入ったんだよ？　もう新しいクラスじゃないよ」

「いや、でも、仲のよかった友達とクラスが離れて大変そうだってお母さんが言ってたから」

戸惑う丈太郎に、結衣は怪訝《けげん》そうに「え、何のこと？」と目を瞠《みは》る。

「それって先月のことでしょ？　もうとっくに新しい友達できたよ」

「……そうなの？」

忘れてた。中学生の数週間が〈随分前《ずいぶん》〉なのだから、小学生の一ヶ月なんて〈半年前〉だ。

夏休みにみんなで遊びに行く予定があって、みんなで宿題をやるという口実のお泊まり会も計画中で、通っているスイミングスクールの夏合宿も楽しみで——結衣の話を聞きながら、丈太郎はしみじみと娘の顔を見つめた。

「そりゃあ、三年生になってすぐの頃はいろいろさあ〜、サキちゃんとカオリちゃんとクラスが離れちゃったのは寂《さび》しかったし、お祖母《ばあ》ちゃんにもいろいろ相談したけど、私も頑張ったんだよ。今のクラス、ちゃんと楽しいよ。ずっと寂しい寂しいって言ってても仕方ないもん」

溶けて緩《ゆる》くなったかき氷をザクザクと崩《くず》しながら、結衣は「お父さん、古い情報で心配しすぎ〜」と笑った。笑い方がちょっと冴恵に似ている。今までそんなこと思ったこともなかったのに。

それだけじゃない。たった三ヶ月顔を合わさなかっただけで、すっかり話し方が大人びている。

「ああー、子供の成長、怖い」

丈太郎の言い方がそんなに面白かったのか、結衣はスプーンを咥《くわ》えたまま「怖いのぉ？」と噴《ふ》き出した。

「でも安心したよ。お父さんがいなくても、寂しくなさそうで」

そのうち父親と会うのも鬱陶《うっとう》しいイベントになるのだろうなと想像して、肩を竦《すく》める。

「うーん、確かに、そんなに寂しくはないかな。むしろお父さんが家にいたときの方が、お父さんとお母さんが変な空気で嫌だったかな」

そうか、そうか。アイスコーヒーの結露《けつろ》を眺《なが》めながら、丈太郎は深々と頷《うなず》く。冴恵の離婚という決断は正しかったのだな、と。

「でもね、この前読んだ本に、一緒にいなくても寂しくないのが本当の友達だって書いてあったんだよね。友達がそうなら、家族もきっとそうだよ」

器の底に残った氷を搔き込みながら、結衣がふふっと笑う。丈太郎が面食らって狼狽《うろた》えるのを楽しむように、テーブルに両手で頰杖《ほおづえ》をついてこちらを見上げた。「子供の成長、怖っ」と丈太郎も笑い返した。

出張に行く丈太郎を寂しそうに見送ってくれた娘には、もう記憶の中でしか会えない。

新しいワンピースと夏用のサンダルがほしいと結衣が言うから、喜んで買ってやった。夕方には冴恵の家（一年前までは丈太郎の家でもあったのだが）に送り届け、「ついでにどうぞ」と冴恵に言われ、久々に三人で夕飯を食べた。

その日の帰り道、丈太郎のスマホにメッセージが届いた。

宇田川《うだがわ》交番の笹森《ささもり》巡査からだった。入院していた小森の意識が、今しがた戻ったという。

❖

渋谷からバスで十五分のところにある大学病院に丈太郎が駆《か》け込むと、スケートボードを抱《かか》えてロビーで待っていたエイジに「遅い！」と顰《しか》めっ面《つら》で出迎えられた。

笹森に教わった通り五階に上がると、目的の病室には白鳥《しらとり》の姿があった。以前会ったときと同じ中折れ帽を被り、個室の窓際《まどぎわ》で椅子《いす》に腰掛けていた。

ベッドには小森がいる。頭に分厚《ぶあつ》く巻かれた包帯は痛々しいが、リクライニングで体を起こして白鳥と談笑していた。

病室に入ってきた丈太郎とエイジを見て、小森は静かに静かに頭を下げた。

「それじゃあ、僕はこのへんで」

白鳥が席を立つ。脱帽《だつぼう》し、丈太郎に「お兄さん、いろいろありがとう」と礼を言った。

「いえ、何もしてませんよ。小森さんの意識が戻ったのは、小森さんの力ですし」

「犯人を捕まえてくれたし、こうして見舞いに来させてもらえた。だから礼を言ってるんだ」

それじゃあね。深々と頭を下げて、白鳥は病室を出ていった。

その間も、小森はエイジから視線を外さなかった。

「エイジ君だね」

短く問いかけた小森に、エイジがゆっくり頷く。

「俺《おれ》の父親のことを知ってるんですか」

「矢本健司《やもとけんじ》は君の父親じゃないよ」

小森の言葉に、エイジより先に丈太郎が「ええっ」と身を乗り出してしまった。

「……父親じゃない？」

「うん、矢本はエイジ君の父親じゃなくて、母方の叔父《おじ》さん」

母方の叔父……喉《のど》の奥で呟《つぶや》いて、丈太郎はエイジを見つめた。

「それは、どういうことですか」

エイジの問いに、小森は「順番に説明するね」と断りを入れてから話し出した。

「君のお母さんは矢本のお姉さんで、名前は美しい春と書いて美春《みはる》さんっていうの。その美春さんが産んだのが君だ。相手の男はろくでもない奴だったから結婚はできなかったって矢本はよく言ってた。だから君のお母さんは一人で君を産んで、君と二人で生活してた」

小森が咳払《せきばら》いをする。このあと何が明かされるのか、ぼんやり想像できてしまう。

「君が生まれて少したった頃、お母さんに病気が見つかった。確か、乳癌《にゅうがん》だったと矢本は言ってた。姉さんが病院で検査を受けた頃にはもう結構悪かったんだ、って。一年ちょっとで亡くなったらしい。若い頃の癌は進行が早いからね」

エイジの顔を見上げ、小森は嚙《か》み締めるようにそう告げた。エイジは表情を変えない。そういうお面を貼りつけたかのように、なんの感情も見せない。

「父親の行方《ゆくえ》もわからないし、エイジ君の祖父母にあたる人も他界してたから、独身だった矢本が君を引き取った……というか、正確には未成年後見人になったんだったかな」

「なら、どうして児童養護施設に」

我慢できずに丈太郎は聞いてしまった。丈太郎の目を見て、小森は深々と溜《た》め息をついた。

「お母さんの生命保険やら何やらが、エイジ君のものになった。それなりの額だったんだけど、矢本はそれを、自分で使ったんだよ。着服ってやつ」

「うわ、父親に続いて、こっちもこっちでクズだったか」

やっとエイジが口を開いた。ずっと無表情でいたくせに、言葉を発した一瞬だけ目元を歪《ゆが》めた。自分に関わる話を、道端《みちばた》に捨てられたゴミを見るような顔で聞いている。

「矢本本人の話だからどこまでが本当かわからないけど、借金があったとも言ってたし、ギャンブルに使っちゃったと酒に酔《よ》って話したこともあった」

「それで、金が底をついて、持て余した甥《おい》っ子を金木犀寮《きんもくせいりょう》に置いていったわけね」

「本人は『俺と一緒にいるより幸せになれると思ったから』って言ってたけど、要するにそういうことだね。君を施設に預けたあとは、あっちこっち転々として、半分ホームレスみたいな時期が何年もあったみたい」

エイジがゆっくり一度だけ頷く。聞くべきことはすべて聞いたような顔をするものだから、丈太郎は慌ててその先を促した。

「矢本さんは、東京オリンピックの頃に渋谷に現れたと白鳥さんから聞きました」

「そうだね、オリンピックが終わった直後かな。矢本は口数が多い方じゃなかったけど、悪い人じゃなかったんだよ。俺は割とすぐに仲良くなって、バラックの中に同じ男の子の記事ばかりが載った雑誌があるのに気づいた」

「矢本さんが渋谷に来た理由は、小森さんは聞いてないんですか」

「聞いてるけど」

小森がエイジを見る。「聞きたい？」と擦《かす》れ声で問いかける彼に、エイジは無言で首を縦に振った。

「ここまで来たなら、全部聞いて帰りますよ」

投げやりな言い方に、小森が「そうか」と浅い笑みを浮かべる。

「先に言うけど、矢本は『俺の勝手な自己満足だ』っていつも言ってた。自分がやったことは何も正当化できないし、今になって身内面するつもりもないって。その上でね、オリンピックで君が金メダルを獲ったのが嬉《うれ》しかったんだってさ。施設で元気に幸せに生きてるってわかって、矢本は安心したんだよ。元気にやってる君の姿が見えるかなと思って、彼は渋谷に来たんだ」

丈太郎は矢本の顔を知らない。思い浮かべられたのは矢本健司の後ろ姿だけだった。後ろ姿だけの矢本健司が、見知らぬ街でふと足を止める。家電量販店の店頭に置かれたテレビが、東京オリンピックの様子を伝えている。画面に、いつか施設に捨て置いてきた甥っ子の姿がある。

矢本は甥っ子の暮らす渋谷へやって来る。夜、一人で街を歩いていた彼は、通りの先をスケートボードで走り抜ける金髪の少年を見つける。

「自分で甥っ子を渋谷の施設に捨てていったくせに、勝手ですね」

酷《ひど》く平坦で冷たいエイジの声に、丈太郎の妄想《もうそう》は掻き消される。

エイジを見た。目を伏せた彼の頬骨のあたりに、失望と憤《いきどお》りが渦巻《うずま》いている。

「そうだ、勝手だ。俺は赤の他人だけど、君が矢本を許す必要は全くないと思うよ。矢本のことを伝えたくて君を探し回ってたけど、君の顔を見たら、俺のやっていたことも随分身勝手だと思った」

すまなかった、と頭を下げる小森を前に、エイジは吐息《といき》をこぼすように笑った。

「許すつもりなんて、端《はな》からないですよ」

「ああ、それがいい。その上で、君に聞きたい」

小森がベッドの横にある棚を指さした。言われるがまま丈太郎が引き出しを開けると、古びた赤いキャップが入っていた。

「白鳥に持って来てもらったんだ。君がほしいと思うなら持っていっていいし、いらないなら俺が持っておく。ほしいと思うときが来たら、いつでも取りに来てくれて構わない」

キャップを手に、小森がエイジを見上げる。エイジは無言でキャップを見つめたままだった。

エイジの脳裏《のうり》に、幼い自分を金木犀寮に置いていった男の後ろ姿が浮かんでいるのがわかってしまった。「ここでちょっと待ってて」とエイジに言い聞かせ、去っていった矢本健司の後ろ姿が。

どういう経緯《いきさつ》で、叔父と甥っ子でお揃《そろ》いのキャップを被っていたのか。矢本が買ってやったのか。エイジがほしいと言ったのか。お揃いの帽子《ぼうし》を被って、どんな会話をしていたのか。

意味なんてないのに、考えてしまう。

誰かの養子になることもなく、叔父の「待ってて」という言いつけを律儀《りちぎ》に守り続けた少年の胸の内に、丈太郎は勝手に想いを馳《は》せる。

病院を一歩出ると、午後の日差しが容赦《ようしゃ》なくアスファルトに照りつけていた。地面に落ちる二人分の影が、いよいよ夏本番という濃さをしている。

「ご存じの通り、俺には親がいないからよくわかんないんだけどさ」

バス停を素通りし、渋谷駅の方に向かいながらエイジが丈太郎を振り返る。

古びた赤いキャップを、指先でくるくると回す。

「一度施設に捨てた甥っ子に、会うでもなく金をせびるでもなく、同じ街でただ暮らすって、どういうつもりなんだろうね」

左手に抱えたスケートボードの位置を直し、エイジは首を傾げる。

「小森さんも言ってただろ。少しでもお前の側にいたかったんだろうって」

「だから、どういう神経で『側にいたい』なんて思ってんだろって話」

住宅街を抜け、大通りをなるべく日陰を狙《ねら》って歩きながらぼやくエイジの背中を見つめ、エイジが小森からキャップを受け取った真意について考えた。

「さあ、俺ならどう思うかって話をしても、それは俺の場合の話だ。お前が思った通りでいいんじゃないのか。許したくないなら許さなければいい」

「別にさ、施設に預けてもらえただけよかったと思うんだよ。叔父さんとやらがよりクズだったら、俺のこと殺してたかもしれないんだし」

何も返せずにいる丈太郎を、エイジが再び振り返る。そんなに変な顔をしていたのか、エイジは足を止めた。キャップの回転も止まった。

「おじさんさあ、いつも俺のことを未成年だ何だって子供扱いするけど、施設に預けられた子供って、十八歳になったら基本的に施設を出ていかないといけないんだよ。さっさと大人になって自立しなきゃって思いながら暮らしてるものなの」

だからさあ、とこめかみを掻きながら、肩を竦める。

「いちいち子供扱いしなくていいんだよ」

年齢に似合わない大人びた口振りに、咄嗟《とっさ》に「ばーか」と喉を張ってしまう。何が、何が「子供扱いしなくていい」だ。

「なら尚《なお》のこと、俺くらいはお前を子供扱いしてやるよ、未成年」

そんなに意外な返しだったのか、エイジが大きく瞬《まばた》きをする。だから今は十八歳で成人だってば——そんな軽口が返ってくると思ったのに、子供っぽく目を丸くするばかりだ。

「昨日《きのう》、久々に娘と会ったんだけど、三ヶ月会わなかっただけですっかり成長しちゃってんだよ。子供って、親の見てないところで勝手に大人になるんだ。お前やトモみたいに親が側にいてくれない子供は、普通の子よりずっと早く大人になるんだろうよ。だから、俺はお前をとことん子供扱いするよ」

立ち止まったエイジを追い越し、何も言わず歩いた。すぐ後ろを彼がついてくるのが気配でわかったが、あえて何も言わなかった。

エイジが「ねえ」と声をかけてきたのは、首都高と並走する六本木《ろっぽんぎ》通りに出た頃だった。少し前にも似たようなシチュエーションで彼と話したことを思い出した。あれは確か、智亜《ともあ》を金木犀寮に送り届けたあとだった。

首筋にじっとり汗を掻いていたが、不思議と清涼感《せいりようかん》のある風が通りを吹き抜けた。

「俺の叔父さんの遺体ってさ、もう火葬《かそう》されて骨になってるんだよね？」

「渋谷区で一時保管して、そのあとどこかの墓地に合同埋葬されると思うぞ」

保管期間は五年だったか。その間に親族が迎えに来なかったら、無縁仏だ。

「でも、俺が叔父さんの甥っ子だって証明できるものって何もないから、俺は引き取れないってことだよね？」

思わず丈太郎はエイジの顔を凝視《ぎようし》した。それはもう、食い入るように見た。あっけらかんとした顔で首を傾げる彼の真意が、全く摑《つか》めない。

「……許さないんじゃなかったのか？」

「おじさんとさ……あ、このおじさんっていうのは、おじさんのことね」

丈太郎を指さし、エイジは歯を覗《のぞ》かせてニヤリと笑った。久々にその笑い方を見た気がした。

燦々《さんさん》と降り注ぐ太陽光の下で、キャップは赤とはとても言えない頼りない色をしていた。

「おじさんと話してたら、骨を墓に入れてやるくらいしてやってもいいかって思っただけ」

もうすぐ浦和《うらわ》だという看板が目に入った瞬間、後部座席にいた智亜が「え、早っ」とやや不満そうに声を上げた。

「だから、近いって散々言っただろうが」

「それにしたって近すぎるよ。お弁当持ってきたのにさ」

運転席からバックミラー越しに後ろを確認した。智亜が渋谷ヒカリテラスで買い込んだ弁当の袋を不満げに抱えている。

「せっかく夏休み最初の遠足だったのにさあ。パーキングで休憩とかしながら食べようと思ったのに」

「お前なあ、埼玉だぞ？　しかも秩父《ちちぶ》でも川越《かわごえ》でもなく、さいたま市だぞ？　渋谷から三十分ちょっとで着くわ。トイレ休憩する暇《ひま》もないっての」

助手席から「いや、川越もほどほどに近くない？」と軽口が飛んでくる。

「せっかくトモが買ってきてくれたんだし、墓参りしながら食べる？」

「えー、せめてもうちょっと眺めのいいところがいいよぉ」

膨《ふく》れる智亜をよそに、エイジの表情は穏《おだ》やかだった。

膝《ひざ》の上には、紙袋が一つ。中から花束が覗いている。菊《きく》、カーネーション、ユリ、竜胆《りんどう》……

今から墓参りに行くとしか思えない取り合わせだ。

渋谷区役所でいろいろと粘《ねば》ってみたが、結局、エイジが矢本の遺骨を引き取ることはできなかった。小森のバラックで矢本の荷物をどれだけ漁《あさ》っても、エイジとの血縁関係を示す書類は何一つ残っていなかったのだ。

血縁関係のない友人や知人が遺骨を引き取るには、五年の保管期間が終わるのを待たねばならない。「覚えてたら五年後に引き取ればいいや」とエイジは笑ったが、丈太郎は優秀な年下の芸能カメラマンにもう一度賭《か》けてみることにした。

小森が保管していた矢本の保険証のコピーを篠田に渡すと、彼は半日ほどで「その住所の場所は今、コインパーキングになってます」と連絡してきた。少なくとも五年前にはもう誰も住んでなかったという。

「その気になればもう少し追えますけど、どうします?」

そう聞く篠田に、丈太郎は迷った。エイジの遠縁にあたる人物を見つけ出したとして、その人は矢本の遺骨を引き取ってくれるのか。十五年以上も行方不明だった親族の遺骨を。

答えられずにいる丈太郎に、篠田は「あ、そういえば」とつけ足した。

「隣近所にいろいろ聞いて回った結果、この家の墓のある寺は突き止めましたよ。もう十年以上も墓参りに来ないから荒れ放題で困ってる〜って、寺の住職が頭抱えてました」

かくして、丈太郎達は矢本家の墓に向かっている。

カーナビに従って浦和南で高速を下り、幹線道路をしばらく進んだ。次第にロードサイドに建つ店の名前に「与野《よの》」という地名が入るようになる。○○回転寿司南与野店とか、××ドラッグ与野鈴谷《すずや》店とか。

「ていうかさあ」

ずっと穏やかに外を眺めていたエイジが、「与野にこにこクリニック」という看板を見て唐《とう》突《とつ》に前髪を掻き上げた。酷く鬱陶しげに、運転席の丈太郎を見る。

「矢本家の墓が合併前の与野市にあるってことは、俺の出身地って与野になるわけ？　大宮《おおみや》と浦和がさいたま市になったときに巻き込まれて合併された与野市に？」

「いいじゃねえか、お前が生まれた頃にはもう合併してさいたま市だったんだから。県庁所在地だぞ？　浦和レッズに大宮アルディージャもあるし、西武《せいぶ》ライオンズの準本拠地だし」

「それって全部大宮か浦和のものでしょ？　何よりなんでおじさんの苗字《みようじ》と同じなんだよ」

「おう、気に入らねえポイントはどうせそこだろうと思ってたよ」

やり合いを断ち切るようにカーナビから「目的地周辺です」とアナウンスがあった。住宅街の一角にぽかりと開けた土地があり、小高い丘の上に寺が建っている。

駐車場に車を停め、後部座席に積んであったバケツ、軍手、竹箒《たけぼうき》、熊手《くまで》、ちりとりを担《かつ》いで山門をくぐった。

墓地は思っていたより広かったが、矢本家の墓はすぐに見つかった。墓地の一角に、智亜の背丈ほどの雑草が茂《しげ》った墓がある。雑草の根元には落ち葉が山を作っている。これは住職が頭を抱えるのも当然だ。

「うわ、本当に矢本家の墓じゃん」

雑草を掻き分けて墓石を確認したエイジが、ついに見つけてしまったという顔で肩を落とす。

「裏に彫《ほ》られてる名前、確認してみろ」

荷物を降ろし、手近な雑草を引っこ抜きながら丈太郎は言った。無言で墓石の裏に回り込んだエイジは、だいぶたってから「あった」と呟いた。

「美しい春って書いて美春って人の名前、彫ってある。没年は二〇〇七年」

「じゃあ、それが間違いなくお前のお母さんだな」

エイジはそれ以上何も言わなかった。三人で手分けをし、雑草を抜き、落ち葉を掃《は》き、苔《こけ》の生えた墓石を水洗いして磨《みが》いた。

腐《くさ》った雨水が溜まった花立《はなたて》を綺麗《きれい》にし、花と線香を供《そな》える。他人の墓にどんな顔で手を合わせればいいかわからないという智亜に、「安らかにって祈ればいいんだよ」と教えてやった。

エイジが最後に墓に歩み寄り、線香を供える。彼が手を合わせてそっと目を閉じたのを見届け、丈太郎は智亜の名前を呼んだ。

「先に車に戻るぞ」

小声で囁《ささや》くと、智亜は何も言わず竹箒を抱えた。丈太郎も熊手とバケツを担ぎ、そっとその場を離れる。

墓地を出たところで、智亜が「私さあ」と呟いた。竹箒の先っぽを見上げ、雲を掃くように箒を前後させる。

「金木犀寮に入ったばかりの頃、あそこが嫌いだったんだ」

「どうして」

「施設ってさ、親に捨てられた子とか、親に虐待《ぎゃくたい》された子とか、要するに可哀想《かわいそう》な子が行くところじゃん。可哀想な子になりたくなかったんだよね」

おう、と相槌《あいづち》を打つと、智亜は鼻を鳴らして笑った。

「エイジ君もよく脱走してたって寮の先生が言ってた。エイジ君も多分、あそこが嫌だったんだと思う」

脱走した先で大和《やまと》エイジはスケートボードと出合った。親に会いたかったのか、施設が嫌だったのか。そもそも具体的な目的などなく、ただ衝動的に外へ飛び出したのか。

脱走の果てに辿《たど》り着いたのがオリンピックの金メダルなのだから――それが本人の願いと反する結果をもたらしたとしても、彼はそのときから神様に選ばれていたのだと思う。

「エイジ君がオリンピックで金メダル獲ったからさ、ああ、私、全然可哀想じゃないじゃんって思ったの。格好《かっこう》いい人の舎弟《しゃてい》じゃんって」

「トモ、お前、舎弟だったのか」

「舎弟だよ」

ふひひっと笑った智亜が、唐突に足を止めた。丈太郎が持っていたバケツを奪い、熊手も寄こせと右手を差し出してくる。

「おじさん、やっぱりエイジ君と一緒に来て」

「なんだよ、いきなり」

「なんか、エイジ君が一人で駐車場まで帰ってくるのを想像したら、ちょっと寂しいんじゃないかなと思って」

「でも、そういう寂しさも含めて、今あいつが感じといた方がいいものなんじゃないか」

「だーかーら、おじさんは大人なんだから、そういうのをいい具合にバランス取れるんじゃないのって話」

丈太郎の手から熊手を奪い、「よろしくっ」と敬礼までして、智亜は駆け足で山門をくぐった。振り返ることない軽やかな足取りに、有無を言わさない力強さがある。

為《な》す術《すべ》なく丈太郎が墓地に戻ると、エイジはまだ矢本家の墓の前にたたずんでいた。

「余計な気を使って先に戻ったと思ったら、どうしたの？」

「感傷に浸《ひた》りすぎるのもよくないと思ってな」

「感傷？」

ちらりと墓石を見て、エイジは肩を揺らして笑った。乾ききった土にヒビが入るみたいな笑い方だった。

「おじさんが思ってるほど悲しんでもないし、傷ついてもないよ」

「嘘つけ」

咄嗟に口をついて出た。

「金メダル、見せたかったんじゃないのか」

「見せたかったけど、死んじゃってるならしょうがないよ。俺を施設に置いていったのも、どうしようもない理由があったんじゃないかってちょっとだけ期待してたけど、母親は死んじゃってるし、父親はクズだったみたいだし、後見人の叔父さんもクズだし、蓋《ふた》を開けてみたら全然ドラマチックな真相じゃなかったね」

ふふっと鼻を鳴らし、「まあ、現実なんてこんなもんか」とエイジは空を仰《あお》いだ。頭上でぎらつく太陽に眩《まぶ》しそうに顔を顰め、ほんの少し肩を落とす。

なんだよ、やっぱりちゃんと期待してたんじゃねえか。丈太郎は奥歯を噛んだ。当たり前だ。するに決まってる。俺だって期待していた。この生意気な金メダリストが、涙ながらに両親と再会できることを。

「それでいいのか」

「別にいいよ。この前もおじさんに言ったけどさ、施設に預けてもらえただけマシだったんだよ。俺は俺で、今の生活に満足してるんだ。金木犀寮にいる連中も、夜の渋谷でスケボー滑《すべ》ってる連中も、もっとしんどい人生送ってる奴がたくさんいるんだし」

当の本人にそう言われたら、もう赤の他人のおじさんに言えることなどない。「でも」と呟いたきり、あとが続かない。

「自分のルーツってのをちょっと知れただけでも大収穫だったかな。よくよく考えると、俺、結構幸せな生き方をしてると思うし」

母親が眠る墓に向かって、エイジはそう伝えたのだろうか。自分が一応は人の親だからだろうか、それを聞いた母親が何を思うのかと考えてしまう。

「帰ろうか」

エイジの言葉に無言で頷いて、踵《きびす》を返した。近くで蟬《せみ》が鳴き出した。うわんうわんと空を震わすような、けたたましい鳴き声が墓地に響き渡る。

一歩、二歩、三歩と歩いたところで、エイジが唐突に「ごめん」とこぼして足を止めた。

「やっぱり、見せて帰るわ」

ズボンのポケットに手を入れたエイジが引っ張り出したのは、組市松模様《くみいちまつもよう》の入ったリボンがあしらわれ、金色に輝く勝利の女神ニケ像が彫刻《ちょうこく》された——東京オリンピックの金メダルだった。

エイジが呆《あき》れ顔で金メダルを見つめる。真夏の太陽に照らされ、メダルはエイジの金髪と全く同じ輝き方をしていた。

丈太郎は思わず目を閉じた。眩しすぎて目を焼かれるかと思った。

「……持って来てんじゃねえか」

素直にさっさと見せてやれよ。そうつけ足そうとしたのに、やはり声にならない。

エイジがゆらゆらと左右に揺れる金メダルを墓前に掲げる。気恥ずかしそうに鼻を鳴らした彼に、丈太郎は「あー、もう、違う違う」と歩み寄った。

「見せるって、そういうことじゃねえだろ」

金メダルを奪い、首かけリボンの皺《しわ》をよーくよーく伸ばして、ついでにメダルの表面をシャツの裾《すそ》で磨いて、エイジの首にかけてやる。

きょとんと目を丸くするエイジの両肩を摑んで、矢本家の墓に向き直らせた。

「親ってのはな、別にメダルが見たいわけじゃないんだよ。メダルをかけたお前が見たいんだよ。ていうかメダルなんてどうでもよくて、ただ頑張ったお前が見たいの。メダルはただのオマケ」

はい、やり直し、とエイジの肩を叩《たた》く。「えー……」と困惑しながらも、エイジはしばらくの間、墓石に刻まれた「矢本」の字を黙《だま》って見つめた。丈太郎も彼の横で同じようにしていた。

金メダルに反射した太陽光が、丈太郎の顔を射貫《いぬ》いてくる。

胸に湧《わ》き上がる衝動に丈太郎は気づいた。押し込めるのは無理そうだった。

「なあ、もう一度オリンピックに行かないか？」

丈太郎に視線を移し、エイジは「はあ？」と面白いくらい忙《せわ》しなく瞬きを繰《く》り返した。

「なに、いきなり」

「ロスオリンピックだよ」

パリオリンピックの四年後には、アメリカ・ロサンゼルスでオリンピックがある。

「ロサンゼルスだぞ？　ストリートカルチャーのど真ん中じゃねえか。スケートボード、間違いなく盛り上がるぞ」

「それに出てどうしろっていうわけ？」

「日本にストリートカルチャーを根付かせたかった。親を探したかった。お前が東京オリンピックに出た二つの理由のうちの一つは、一応、解消された。もう一つはもうどうでもいいか？」

エイジは何も言わない。丈太郎の腹を探るように、こちらをじっと見上げている。鼻筋に不信感をこびりつかせて。

「たった一回のオリンピックで諦《あきら》めるのは早いと思うぞ。ロスオリンピックでお前が大暴れしてまた金メダルを獲ったら、次こそ何かが変わるかもしれない」

「次こそって……おじさん、随分と無責任なことを言うね」

「無責任じゃない。オリンピックへの道のりがどれほど険しいか、俺はよく知ってる。お前が目指すっていうなら、俺も一緒に行く」

何か言いかけたエイジが、静かに口を引き結んだ。緩やかな風が吹いて、彼の前髪がふわりと浮き上がる。胸に掲げられた金メダルが白く光る。

「前に言っただろ。スポーツカメラマンってのはしつこいんだよ」

エイジは黙ったままだった。蟬の鳴き声がいやに大きくなった。時間の流れが緩やかになったような気さえした。

長い長い沈黙の末に、彼は頬からふっと力を抜いた。金メダルにそっと触れて、ちらりと丈太郎を見る。

「金メダル、初めて誰かにかけてもらったわ」

「何言ってんだ、オリンピックのメダルセレモニーで――」

言いかけて、東京オリンピックがコロナ禍《か》の真《ま》っ直中《ただなか》だったことを思い出す。セレモニーで本来ならプレゼンターにかけてもらうはずのメダルは、選手達が自分で手に取って、自分で自分の首にかけた。

「そうか」

誰も、大和エイジに金メダルをかけてやらなかったのか。

「だからってわけじゃないけど、目指してあげるよ、オリンピック」

自分より背の高い丈太郎を見下ろすような顔で笑い、こちらを指さした。その指先に射貫かれたみたいに心臓が震えた。

「フィルマーがどうしても撮りたいって言うなら、ロサンゼルスでもどこでも行ってやろうじゃん」

あはははっと声を上げて笑い、エイジは首から金メダルを外した。

あろうことか、軽やかに背伸びをして、メダルを丈太郎の首にかける。

「もういらないから、スポーツ馬鹿《ばか》なおじさんにあげるよ」

「いや、お前、金メダルをなんだと」

言い終えないうちに、エイジは「行くよ」と丈太郎の背中を叩いた。

「あ、ついでにこれもあげる。捨てといて」

花束を入れていた紙袋を丈太郎の手に押しつけ、友達と遊びに出かける子供みたいな足取りで、駆けていく。

「おい……」

ゴミを人に押しつけんな。言いかけて、袋に何か入っていることに気づいた。

赤いキャップだった。年季の入った大人用と、子供用が、一つずつ。

「はいはい、わかりましたよ」

矢本家の墓に、揃いのキャップを並べて供えた。えーと、おたくのエイジ君が来なくても俺がたまに墓参りくらいには来ますので——と、両手を合わせた。

金メダルを首にかけたまま、丈太郎は一人駐車場に戻った。あまりに恐れ多くて、金メダルを右手で強く握り締めた。

いつか「やっぱり返して」と言われる日がくるのなら、また彼の首にかけてやろうと心に決めた。

オリンピックなんてこっちから願い下げと言い切った金メダリストが、オリンピックの金メダルを愛しいと思う日がくることを祈るばかりだ。


旧知のスポーツ雑誌の編集部から電話がかかってきたのは、駐車場に戻って「さあ、ドライブでもして弁当食うか」とエンジンをかけた直後だった。

『ねえ与野さん、急な話で大変申し訳ないんだけど、明日からパリに飛べない？　オリンピック撮影隊で派遣したカメラマンの佐々木《ささき》君っていたでしょ？　彼、張り切りすぎて開会式もまだなのに足骨折しちゃったんだよぉ！』

相手があまりの剣幕《けんまく》で叫《さけ》ぶから、車内に用件が丸聞こえだった。

「あ、そっか、今日からオリンピックか」

助手席でスマホを弄《いじ》りながらエイジが呟いた。

七月二十六日——今日はパリオリンピックの開会式だった。

❖

セーヌ川越しに見るエッフェル塔は見事なたたずまいだった。東京タワーとも東京スカイツリーともひと味違った気品のあるシルエットが、朝焼けの空によく映《は》える。

パリオリンピック真っ直中の今、観光名所と名高いコンコルド広場は「コンコルド・アーバンスポーツパーク」と名前を変え、巨大な競技場となっていた。

スケートボード、ＢＭＸフリースタイル、３×３バスケットボール、パリオリンピックから採用された新競技のブレイキン。それぞれの競技場が〈ＰＡＲＩＳ　２０２４〉と書かれた真っ赤な外壁で囲まれている。

「ねえ、あの広場の真ん中にぶっ刺さってる槍《やり》みたいなのって何？」

スケートボードの競技場の一角、スタンド席の一番高いところにたたずんで、エイジが広場の中心を見つめる。セーヌ川の方から吹く風に鮮《あざ》やかな金髪が揺れた。

「何だったかな、オベリスクだったかな」

カメラのファインダーを覗きながら、丈太郎は適当に答えた。コンクリート製のフィールドに、階段や手すり、縁石が設置されている。

無人の競技場を、試しに写真に収める。

「いいねえ、オリンピックって感じだ。街中が浮かれムードなのに、競技場はどこもかしこもピリピリしてて」

パリ中が五輪マークとエンブレムで飾《かざ》りつけられ、道行く人が誰も彼もわくわくと目を輝かせている。開会式からもうすぐ二週間、大会日程も今日を入れてあと四日だというのに、熱気が冷める気配すらない。

「ピリピリっていっても、スケボーはもう終わってるじゃん」

エイジが肩越しにカメラを覗き込んでくる。彼の言う通り、スケートボード競技は開会式翌日にこの場所でストリート種目が、八月に入ってから隣の競技場でパーク種目が開催され、すでにすべての競技が終わっている。

新たな金メダリストも、もちろん誕生した。

「いいじゃねえか、競技が全部終わった競技場こそ、消えた金メダリストには相応《ふさわ》しくないか？」

「あははっ、言えてる」

笑いながら、エイジは空を仰いだ。夜と朝の間の淡い空の色に目を細め、深呼吸をする。

ふと頬に温かさを感じた。パリの街の向こうから顔を出した太陽の光が、徐々に強くなっていく。これもまた金色に光っている。いい色だ。栄光という言葉で色を作ったら、きっとこの色になる。

「捕まる前に、さっさとやろうか」

側の客席に置いてあった愛用のスケートボードを担いで、エイジはゆっくりと客席の階段を降りていく。丈太郎もあとに続いた。

彼からもらい受けたスケートボードと、カメラを抱えて。

「おじさんさあ、本当によかったわけ？」

「何が？」

「だから、オリンピックの撮影の依頼がきたのに、断っちゃったこと」

「ああ、そのことか」

開会式の日に舞い込んだオリンピック撮影のチャンスだったが、丈太郎は電話口で辞退を伝えた。驚いたエイジと智亜に「なんでっ？」と問い詰められ、二人の切羽詰《せっぱ》まった顔がそっくりでおかしくて、腹を抱えて笑った。

笑いながら、「パリ、行ってみるかぁ」と提案した。

もちろん、オリンピックを撮るためではない。フィルマーとして大和エイジを撮るためだ。

――何それ、面白そうじゃん。

エイジが満面の笑みで頷いたから、速攻でパリ行きの航空券を取った。

「本物のアスリートってのは、俺達カメラマンを呼び寄せるってのが俺の持論だ。自分の最高のパフォーマンスを記録に残すために、カメラマンを呼ぶんだよ」

オリンピックとはまさに、そういう場所だ。この夏、このパリで、何千というアスリートが人生を懸《か》けて一世一代の勝負に挑《いど》む。大勢の天才によって呼び寄せられたカメラマン達がそれを記録する。スポーツの歴史が更新される。

「俺はお前に呼ばれたんだ」

「俺に？」

「そう、お前にだ。お前に呼ばれて、お前を選んだ。何千人っていうアスリートを撮るより、お前一人を撮ることを選んだ」

「うわ、若者を挑発する悪いおじさんだね」

その理由も意味も、あえて言葉にする必要はないだろう。エイジも聞く気はないようで、階段の最後の三段を軽快に飛び降りた。

カメラのレンズを魚眼《ぎょがん》レンズに替え、動画モードに切り替える。すっかり使い慣れたハンドルを丈太郎は握《にぎ》り込んだ。

「新しい魚眼レンズ、高かったんじゃないの？」

「おう、新品だからまあまあ痛い出費だったよ」

まあまあ痛いというのはだいぶ強がりではあるのだが、これからやろうとしていることに比べたら、割のいい投資ともいえる。

「これさあ、見つかったらどれくらい怒られるのかな」

客席とフィールドを区切る柵《さく》を飛び越えながら、思い出したようにエイジが呟く。

「信じられないくらい怒られるのだけは確かだな」

「ほとぼりが冷めかけたおじさんがまた干されるくらい？」

「炎上しまくりのお騒がせ金メダリストがまた燃え上がるかもな」

「元金メダリストだけどね」

二人で顔を見合わせて、声を上げて笑ってしまった。全く笑い事ではないのだが、笑えてしまったのだから仕方がない。

「まさか、まだ肩が痛くて腕が上がらないなんて言わないよね？」

「言わねえよ」

右腕をスンと高く上げる。「おじさんは怪我《けが》が治るのにも時間がかかるから大変なんだよ」と呟くと、エイジは満足げに頷いた。拾った犬が無事忠犬に育って嬉しい。そんな生意気な顔だった。

コンコルド広場でのすべての競技日程が終わったとはいえ、当然ながら競技場に部外者が入れるわけがない。エイジは出場選手でもなんでもなく、丈太郎もメディア関係者でもなんでもない。

セーヌ川沿いの公園で夜を明かし、警備が手薄になった夜明け前を狙って侵入に成功したわけだが、競技場で勝手に滑ってトリックを決めたら確実に見つかる。

最後はいつも通り警備員から逃げる羽目になるだろう。渋谷がパリになっただけで、そこは絶対に変わらない。

足を踏み入れたストリート種目用のフィールドは、スニーカー越しでもはっきりわかるほどひんやり冷たかった。広々とした空間に二人しかいない。清々《すがすが》しく爽快《そうかい》だ。

「スケートボードの競技場で、金メダリストよりすごいトリックを決めてやろうって言ったときは、おじさんは反対するって思ったんだけどね」

「まともな大人なら反対するだろうが、俺は若者を挑発する悪いおじさんだから仕方がない」

パリに行こうと提案したのは丈太郎だが、この場所に侵入して滑ろうと言い出したのはエイジだった。あまりにスリリングで、とんでもないものが撮れてしまう予感がして、「いや、普通に街中でスポットを見つけて滑ろう」だなんて言えるわけがなかった。

「誰かがすごいトリックを決めたらその場所はそいつのものになって、他のスケーターがもっとすごいトリックを決めたら更新されるんだろ?」

その理論でいけば、この場所はパリオリンピックの金メダリストのものだ。ここで大和エイジが金メダリスト以上のトリックを決めたら、どうなるか。

「そんなの撮りたいに決まってる」

スマホが鳴った。確認すると、メッセージアプリの通話機能を使って智亜が電話をかけてきていた。

「おーう、トモ、日本で大人しくしてるか?」

『大人しくテレビでオリンピックを見てますよーだ』

　顔は見えないが、置いてけぼりを喰らって不満なのだけはよくわかった。仕方がないのだ、智亜はパスポートを持ってなかったから。持っていたとしても、中学生の彼女を連れてくるのは無理だったけれど。

「日本は昼過ぎか。こっちは今まさに作戦開始ってところだよ」

『だろうなって思って電話したの。エイジ君、今集中してるだろうから、全部終わったら伝言しておいてくれない？　どうせ終わったら電話どころじゃないし』

「伝言？」

『誕生日おめでとう、って。そっちも八月八日でしょう？　今日ってエイジ君の誕生日だよ。もちろん本当の誕生日じゃないけど』

　ああ……と息を呑《の》んだ。いつか読んだエイジの記事に、金木犀寮に預けられた八月八日が誕生日だと書いてあった。

「おう、伝えておくよ」

『あと、日本に帰ってきたら約束通りフラペチーノ奢《おご》ってよね』

「パイナップルな、パイナップル」

『何言ってんの、八月の期間限定はスイカフラペチーノだよ』

　いや、パイナップルって予想してたのはお前だろ。丈太郎の不平を聞くことなく、智亜は
『じゃーねー』と通話を切った。

エイジは階段の先のスタート地点にいた。そこから滑り出した選手は、フィールド内をスケボーで駆け巡り、さまざまなセクションでトリックを披露《ひろう》し、その点数の合計を競う。戦いの終わったフィールドを、エイジはスケボーに片足をのせてじっと眺めている。

丈太郎はカメラを彼に向けた。

「大和エイジ」

カメラ越しにエイジを見つめながら名前を呼んだ。

「なに、いきなりフルネームで」

「お前、これからも苗字は大和でいくんだろ？」

「いきなり矢本エイジってのも気持ち悪いからね。それに正直、大和の方が格好よくない？」

レンズを見つめてニヤリと笑ったエイジに、「確かにな」と笑い返した。

「長居はできないからな。したくてもきっと捕まる」

「何言ってんの、一発で決めてさっさと逃げるよ」

「それが一流のスケーターだったな」

「丈太郎さんもわかってきたじゃん」

何の合図もせず、エイジは地面をプッシュして滑り出した。「丈太郎さんじゃねえ、おじさんだ」と言いかけ、慌てて思い留《とど》まった。

スケボーに飛び乗って、エイジのあとに続いた。静まりかえっていたフィールドに、二人分の滑走音《かっそうおん》が響く。

階段が迫ってくる。段数は――渋谷ヒカリテラスに比べたらなんてことない。

カメラを低く低く構えながら、肩胛骨《けんこうこつ》のあたりがぶるりと強《こわ》ばった。予感だ。これから目《ま》の当たりにするトリックに対する期待と、早すぎる感動と、畏怖《いふ》の念。すべてがまぜこぜになって、丈太郎を興奮させる。

軽やかなオーリーを繰り出し、エイジは身を翻《ひるがえ》しながら階段の手すりに飛び乗る。丈太郎は息を止めた。

随分と遠くに来たものだとその瞬間に思った。それが自分の仕事だからいいのだけれど。凡人《ぼんじん》がどれほど手を伸ばしても届かない輝きをカメラに収めるのが、俺の仕事なのだから。

木製のデッキと手すりがぶつかり合う音が、朝焼けの空に高らかに舞い上がる。その音に導かれ、丈太郎も跳《と》んだ。

風になびく金髪で視界がいっぱいになった。

「おお、いい誕生日じゃねえか」

気がついたら声に出していた。聞こえたのだろうか。エイジがふっと笑ったのが確かに聞こえた。


パリオリンピックでの各国のアスリートの活躍が連日ニュースになる中、大会十四日目にとある事件が起こった。

八月八日早朝、コンコルド広場にあるスケートボードの競技場に二人組の男が侵入したというものだった。警備員が取り押さえようとしたが、ものの見事に逃げられてしまったという。逃亡した男達の行方はわからないが、目撃したパリ市民達は「金髪のアジア系の少年と、全身黒ずくめのカメラを持った男だった」と口を揃えた。

その三日後、パリオリンピックの閉会式直後に、とある動画がインターネット上にアップされた。

東京オリンピックを境に表舞台から姿を消していたスケーター・大和エイジのビデオパートだった。

三十秒ほどの短い映像には、渋谷ヒカリテラスの十六段の階段でのバックサイド180キックフリップに始まり、宇田川町《うだがわちょう》のタイ料理店前の階段、雨の渋谷駅東口歩道橋と、渋谷の街をスケートボード一つで駆け抜ける大和エイジのトリックの数々が記録されていた。

ビデオパートの最後を締めくくったのは、朝焼けのエッフェル塔とコンコルド・アーバンスポーツパークだった。

無人のフィールドを縦横無尽《じゅうおうむじん》に駆け巡った大和エイジは、額《ひたい》の汗を拭《ぬぐ》い、カメラに向かって「おじさん、ちゃんと撮った?」と笑いかけた。

暗転した画面に、ＬＡ28――二〇二八年のロサンゼルスオリンピックを示す白い文字が浮かび上がった。


（おわり）

〈著者略歴〉
額賀　澪（ぬかが　みお）
1990年、茨城県生まれ。日本大学芸術学部卒業。2015年、「ウインドノーツ」（刊行時に『屋上のウインドノーツ』と改題）で第22回松本清張賞、同年、『ヒトリコ』で第16回小学館文庫小説賞を受賞する。
著書に、『ラベンダーとソプラノ』『さよならクリームソーダ』『拝啓、本が売れません』『弊社は買収されました！』『世界の美しさを思い知れ』『風は山から吹いている』『風に恋う』『競歩王』『鳥人王』『沖晴くんの涙を殺して』、「タスキメシ」「転職の魔王様」シリーズなど。

装丁／目次・章扉デザイン――川谷康久（川谷デザイン）
装画――スガタ

夜と跳ぶ

2024年7月31日　第1版第1刷発行

著　者　額賀　澪
発行者　永田貴之
発行所　株式会社ＰＨＰ研究所
東京本部　〒135-8137　江東区豊洲5-6-52
文化事業部　☎03-3520-9620（編集）
普及部　☎03-3520-9630（販売）
京都本部　〒601-8411　京都市南区西九条北ノ内町11
PHP INTERFACE　https://www.php.co.jp/
組　版　株式会社PHPエディターズ・グループ
印刷所
製本所　大日本印刷株式会社

ISBN978-4-569-85724-4

PHP文芸文庫

転職の魔王様

額賀澪 著

この会社で、この仕事で、この生き方で——

本当にいいんだろうか。注目の若手作家が、未来の見えない大人達に捧ぐ、最旬お仕事小説！

PHP文芸文庫

転職の魔王様2.0

額賀澪 著

魔王様VS天使様⁉ ワケあり求職者達を正しく導けるCAは誰なのか――ビジネスパーソン必読の痛快転職エンタメ、待望の第二弾！

PHPの本

鏡の国

岡崎琢磨 著

あなたにこの謎は見抜けるか――。『珈琲店タレーランの事件簿』の著者、最高傑作！　大御所作家の遺稿を巡る、予測不能のミステリー。

PHPの本

ガラスの海を渡る舟

寺地はるな　著

「みんな」と同じ事ができない兄と、何もかも平均的な妹。ガラス工房を営む二人の10年間の軌跡を描いた傑作長編。

PHPの本

心臓の王国

竹宮ゆゆこ 著

だから俺は決めてた。十七歳になれたら『せいしゅん』するって！——爆笑、号泣、戦慄……最強濃度で放たれる、傑作青春ブロマンス！